Julio Travieso Serrano

Dinero para la Habana

artepoética press

Nueva york, 2014

Title: Dinero para la Habana

ISBN-10:1940075262
ISBN-13:978-1-940075-26-6

Design: © Ana Paola González
Cover & Image: © Jhon Aguasaco
Author's photo by: © Carlos Aguasaco
Editor in chief: Carlos Aguasaco
E-mail: carlos@artepoetica.com
Mail: 38-38 215 Place, Bayside, NY 11361, USA.

Índice

Comprar el ron
o leer a Bajtín

Ah, el ron. Maravilloso estimulante, capaz de producir las más locas alegrías y las más insanas tragedias, anfitrión social por excelencia, propiciador de amistades nocturnas, silencioso confidente, el hijo más alegre de la caña de azúcar.

Ninguna de esas virtudes fue ponderada por ella, aquella mañana del 10 de junio de 1992, al entrar en la biblioteca donde él preparaba, con laboriosidad de hormiga, su próxima conferencia para la cual debía desentrañar el duodécimo capítulo de cierto libro de Mijaíl Bajtín, autor de difícil comprensión.

—El ron —dijo Marta sin alzar su dulce voz, como si estuviera deseándole buenos días a un vecino.

—¿El ron? —los ojos de él no se apartaron del renglón leído.

—Acaba de llegar. Dicen que no trajeron suficiente para todos.

Por supuesto, ella se refería a las dos únicas botellas que les entregaban una vez al mes a cada familia por el cupón de racionamiento.

—¿Y? —respondió él y sus ojos penetraron, como un navegante al llegar a puerto seguro, en el último párrafo de la página. Mientras tanto, sus dedos, armados con una pluma, hacían navegar palabras sobre una blanca hoja de papel.

—La vecina dice que no hay muchas personas comprando —el tono de ella era melancólico.

Por primera vez, él apartó la cabeza de Bajtín y su mirada recorrió lentamente, desde la cabeza a los pies, el cuerpo de su esposa.

Mucho ha adelgazado Marta en el último año, quizás diez kilogramos, pensó. De una mujer de formas sensuales y opulentas se ha convertido en un cuerpo rectilíneo y monocorde, aunque él no ha quedado atrás y ya son dos las tallas recogidas en la cintura del pantalón.

Un gran suspiro le ensanchó el pecho.

Y todo por la falta de carnes, leche, arroz...

Al pensar en la comida tuvo la visión de una enorme cazuela con paella a la valenciana, su plato preferido. Entonces, animosa, la saliva fluyó a través de la boca y él comió lentamente, paladeando la textura de un arroz muy desgranado y apetitoso, sintiendo el fuerte olor de los mariscos, la suavidad de las carnes.

—Si ahora no vamos a comprar el ron lo perderemos hasta el otro mes —el tono de ella se hizo imperioso, cargado de urgencias.

Marta utilizaba el plural, pero él entendió que decía "si tú no vas a comprarlo lo perderemos". A él y no a otro le correspondían esas tareas, sin importar que debiera abandonar preparación de clases, lecturas, escritos. La responsabilidad de Marta eran los niños, cocinar, lavar, aunque en su horario también entraban preparación de clases, lecturas, escritos. La limpieza se compartía entre los dos.

—La vecina me cambia el ron por dos libras de arroz. El nuestro ya se acabó. El de la vecina puedo cocinarlo esta noche con el pedazo de pollo que nos quedó de la semana pasada —Marta casi sonrió.

Él volvió a suspirar y sus dedos cerraron el libro. No habría paella, pero sí, al menos, arroz con pollo. La conferencia estaba temporalmente derrotada y Bajtín (autor de difícil comprensión) quedó arrinconado en el escritorio, entre un almanaque del año anterior y un cenicero roto.

Ante la mirada apremiante de ella, él se puso a buscar en la biblioteca hasta encontrar una vieja bolsa, tan gastada como la dentadura de una anciana, seguramente por los cientos de botellas y papas transportadas en su mísera existencia. Entonces Marta trajo de la cocina las dos únicas botellas vacías que tenían y él fue hacia el mercado.

Baja la cabeza, los ojos fijos en el piso, como si estuviera contando los pasos, los metros, caminó ensimismado, bajo un sol abrasador, las nueve cuadras que faltaban para llegar al comercio. Meditaba en las palabras a decir el siguiente día durante la conferencia, en las páginas aún por leer de Bajtín, injustamente postergado por unas botellas de ron. También iba pensando en el arroz con pollo de esa noche y así sus ideas saltaban del estatuto del personaje dentro de la narración a un muslo de pollo, de una cucharada de arroz a la carnavalización de la literatura. De tan abstraído, al cruzar la calle, no vio al joven que, a toda velocidad, se aproximaba en una bicicleta.

—Viejo —gritó el ciclista sin dejar de pedalear y, para evitar el encuentro, lo empujó con la mano.

Él cayó al piso mientras el joven proseguía su rapidísima marcha.

Solícitas, varias personas se acercaron y le preguntaron si estaba herido. "Qué barbaridad".dijo una mujer mayor. "Señores, ¿a dónde vamos a parar?", comentó otra mujer.

Él se hallaba bien, sólo con un ligero dolor en el brazo y en el pecho, pero lo más importante era, se dijo, que las botellas no se hubiesen roto. Cuánto tiempo se perdería en buscar otras.

Amablemente, un joven le extendió la mano para ayudarle a ponerse de pie, pero antes de que pudiera asir sus dedos algo semejante a un grito de combate se escuchó. "La guagua", gritaron decenas de gargantas. Entonces el joven amable retiró la mano y corrió, en pos de la multitud, hacia el vehículo público detenido 30 metros delante, junto al cual ya muchos forcejeaban para entrar.

Al fin partió el ómnibus, atestado de pasajeros. Él se incorporó, la pierna y el pecho adoloridos, las botellas bien aferradas en la mano, y, renqueando, siguió su camino. Otra demora y corría el riesgo de que todo el ron estuviese vendido cuando llegase al mercado.

Por suerte no fue así. La venta continuaba, pero la vecina había informado mal. Frente al expendio se extendía, como larga serpiente, una hilera de unas 40 personas. Exactamente 42, rectificó él enseguida. En esos conteos era infalible. Treinta años de colas habían entrenado su vista, tan certera como la de un halcón, tan rápida como la de su primo Luis, antiguo "dealer" del clausurado Casino Nacional, el primero de la familia en marcharse de Cuba, el traidor, siempre repudiado por él y Marta, actual supervisor de una sala de juegos en el Topeka de Las Vegas.

Él hizo un esfuerzo por borrar de la mente la imagen de Luis y con optimismo se dijo que 42 personas no eran muchas. El mes anterior habían sido 60.

Al inicio de la cola se hallaba un viejo flaco y desdentado que siempre compraba diez botellas, quizás porque poseyera cinco cartillas de racionamiento, quizás porque sobornaba al vendedor. Detrás del viejo, él vio a una joven con dos niños. Uno dormido en su cochecito, el otro, en brazos, lloraba sin cesar, infatigable, azotando a todos con chillidos que no cedieron, al contrario, aumentaron cuando la madre le gritó "cállate o te rompo la cabeza".

—Dale el biberón —dijo la señora madura de aspecto distinguido, la siguiente en la cola, dueña de un perro bulldog que, alzando la pata, orinó sobre las flores de la acera, indiferente a los berridos (ya eran berridos) del niño.

En tales situaciones, si se quiere evitar un infarto y no perder el ron por abandono del campo de juego, lo mejor es volver la cara, preferentemente hacia el cielo, cerrar los ojos y recordar la Novena Sinfonía en aquel pasaje de "Alegría, alegría".

Así hizo él, pero nada pudieron los pasajes de Beethoven, impotentes frente al llanto infantil, ya de las dos criaturas, y la voz de la madre que vociferaba "cállense o los mato".

Arrebatos de cólera porque ella, como todos sabemos, sería incapaz de hacerles daño. Sin embargo, él se puso tenso, los labios apretados, los puños cerrados. Por suerte, cuando la presión sanguínea comenzaba a subir y se disponía a gritar " joven, deje en paz a esos niños y cállese usted misma", una anciana de espejuelos rotos, parada tras la señora madura, aconsejó salomónicamente "mijita, dale una vueltecita a los niños y regresa luego. Nosotros te guardamos el turno".

"Sí, vete por ahí, te cuidaremos el puesto, pero vete ya", pensó él.

Era necesario tranquilizarse, calmar la respiración.

"Pronto llegará mi turno", se dijo y quiso recordar el último capítulo de Bajtín leído ("**Tiempo y cronotopo en la novela**"). Esfuerzo inútil porque junto a él se detuvo un joven de frente tan amplia como la de un rinoceronte, cuyo brazo se prolongaba en una oscura grabadora desde la cual una voz ronca le rasgó los oídos

—*Beibi, com back, com back* —bramó la grabadora.

—¿Asere, tú va complal e ron? —farfulló el joven.

—¿Qué dice? —respondió inquieto, intuyendo un posible peligro.

—¿Quesi va a cogel e ron?

Por supuesto. Él no se hallaba allí en la espera de un tranvía.

—Te doi cincuenta baro. Mi hace falta pa mi puro.

¿El puro? Ah, sí, el padre del rinoceronte. No, el ron no estaba en venta. Mi mujer quiere cambiarlo por arroz.

—Gueno, mitío, cincuenta y cinco. Hora mimo.

Cincuenta y cinco. Aquello significaba como treinta y cinco pesos más allá del verdadero precio de la botella. Quizá valdría la pena. "El dinero es siempre el dinero", diría Luis mientras vigilaba las ruletas del Topeka, "con esos 55 pesos puedes comprar otras dos botellas y ganarte 15 pesos".

Pero Luis estaba allá en las Vegas, pensó él, desconocedor de las realidades cubanas y del mercado habanero donde no era tan sencillo obtener inmediatamente lo que se quisiera.

"¿Y para qué me sirve ese dinero si no puedo comprar arroz en ninguna parte? La vecina quiere ron, no dinero", diría Marta, con pesadumbre, al verse imposibilitada de cocinar, esa noche arroz con pollo.

Indeciso, él se secó el sudor. No hacía mucho calor, pero un sudor espeso le mojaba la cara, el pecho, las manos.

—No, no vendo el ron —dijo y luego de tal decisión se sintió mucho mejor, aunque el sudor no desapareció. Al contrario, fue en aumento. Tanto le molestaba que tuvo el deseo de que la venta se paralizara, que se acabara el ron, que se muriera el vendedor, que sucediese cualquier cosa con tal de terminar con aquella espera.

Pero la venta prosiguió. Compraron el viejo flaco que, disimuladamente, puso un billete en la camisa del vendedor, la joven de los niños, ya dulcemente dormidos, la señora del bulldog, la vieja de los espejuelos rotos. Él respiró aliviado. Un poco de paciencia y tiempo, se dijo, y regresaría a Bajtín, no, mejor a Vargas Llosa para descansar de tanta tensión. Ya pocas personas se interponían entre él y el ron, entre el ron y la tranquilidad (su tranquilidad).

De repente, una pregunta saltó de la fila.

—¿Cuántas botellas quedan en el barril? —gritaron y el vendedor movió dos veces sus manos abiertas en un gesto que lo mismo podía significar que se callasen o que sólo quedaban veinte botellas.

Él tenía delante nueve compradores (los contó cuidadosamente), el último y más próximo una señora vestida de verde. Diez personas en pugna. Todos en lucha por el ron. Si sólo uno de ellos poseía más de una libreta de racionamiento sus posibilidades cesaban y entonces adiós ron, adiós arroz con pollo. Ya veía el rostro desalentado de Marta. Imposible. Dios no podía propiciar tal cosa, se dijo, negado a aceptar algo tan terrible.

Por eso, cuando un joven fuerte, recién llegado, afirmó, con voz petulante, haber venido tres horas antes y que su puesto era tras la señora de verde y delante de él, la sangre le fluyó violentamente desde el corazón (cuyos latidos fueron los de un tambor batiente) y le subió a la cara, transfigurada en una máscara de rabia y odio porque "Este joven es un descarado que quiere colarse, todos lo saben, y de ninguna manera lo iba a permitir".

La fila se agitó, como un animal herido, pero la señora de verde guardó un prudente silencio y nadie en la cola dijo nada.

Sin arredrarse por la falta de solidaridad, él se mantuvo en sus treces, los ojos endurecidos, la boca crispada, la mano derecha fuertemente cerrada sobre el cuello de una de las botellas que, amenazante, se elevó en el aire, a la altura de la cara.

Quizás por aquella actitud agresiva, quizás porque pensó que él estaba al borde de la locura, quizás porque vio, tres personas más atrás en la cola, a otra mujer vestida de verde, el joven forzudo se retiró y caminó, como un lobo hambriento, hacia ella.

El intruso se fue y él respiró con fuerza mientras la tensión y la cólera eran sustituidas por un relajamiento acompañado de sudores, ahora fríos. Momentos después sólo dos personas le separaban del vendedor.

"Ya Marta puede comenzar a preparar el arroz con pollo de esta noche", pensó.

—El siguiente —gritó el vendedor y él le entregó las dos botellas vacías que el otro llenó de ron.

"Al fin", exclamó.

Luego, la mano derecha bien aferrada en la bolsa con las botellas, tratando de repasar lo que diría en la conferencia sobre Bajtín, caminó una, dos, tres, seis cuadras, bajo aquel sol de cuchillos, implacable, hiriente, que, probablemente, le provocó el mareo por el cual debió detenerse.

Una punzada le cortó la respiración. Ansioso, pensando en Marta, quiso seguir caminando, pero no pudo. Otra punzada, mucho más intensa le pateó con violencia a la altura del pecho y le hizo tambalearse.

Incontrolables, los dedos que aferraban la bolsa se abrieron y fueron en busca del pecho. Entonces la bolsa cayó y las botellas se estrellaron contra el pavimento.

El ron se derrama y huye por la calle. Él no lo ve porque un segundo después su cuerpo se derrumba y la cabeza cae sobre los cristales rotos de las botellas. Con mucha dificultad hace un intento por incorporarse, quiere decir algo, quizá llamar a Marta, explicarle lo sucedido, disculparse por la pérdida del ron.

No puede. La tercera y última punzada le apuñala el pecho.

Mañana no habrá conferencia sobre Mijaíl Bajtín (autor de difícil comprensión y siempre marginado en su país) ni por la noche Marta cocinará arroz con pollo. Estará en la funeraria, acompañándolo a él.

En México

Dejas atrás el Palacio de Hierro en cuyas vidrieras se exhibe esa camisa color papagayo que enloquecería a Pascual tu hermano menor si tú se la regalases y él pudiera pasear con ella por las calles de La Habana, el pecho henchido como vela al viento, los bíceps poderosos, desafiantes, en busca de las mujeres de lento andar y pronunciado movimiento de caderas, nalgas, pantorrillas, tacones, ese movimiento de tap, tap, semejante al ir y venir de las olas en la playa, que a ti te hace perder la cabeza y cometer locuras.

Demasiado costosa la camisa, te dices, quizá encuentres una igual en supermercados Aurrerá donde, furtivamente, podrás cambiar la etiqueta del precio por otra de una camisa más barata.

No vale la pena tal riesgo. Pillado en algo menos grave, tu amigo Jaime fue detenido por dos hombres de mirar feo y hablar pausado,

"Oiga, horitita mismo lo conducimos a la Delegación y si sus papeles no andan en orden se las va a ver mal, pero muy mal".

Naturalmente, sus papeles no estaban en regla (¿pero, hoy en día quién tiene los documentos migratorios legalizados?) y Jaime, puro nervio, acobardado ("señores, señores, tomen esto y olvidemos el asunto") les entregó sus últimos cien pesos.

Es posible que en el mercado de Tepito obtengas una camisa de igual calidad y mucho más barata. Claro, corres el riesgo de ser asaltado ("te trueno güey, te trueno si no sueltas la lana"), como te sucedió, meses atrás, recién llegado tú de la provinciana y apagada Habana a esta fabulosa Ciudad de México.

Lo mejor será no pasar por Aurrerá, entrada de caverna mágica ("pero qué diferencia con las tiendas habaneras" exclamaste entonces), galeón de la Nueva España cargado de especies, paños, plata, oro; mejor no ir a Tepito, tropel de mercaderes y acechantes piratas de un solo ojo en laberínticos pasadizos.

Sacas bien la cuenta y ves que no tienes suficiente dinero para comprar una camisa y mandar a La Habana los cincuenta dólares que, cada dos meses, envías a tu familia con puntualidad de notario. Cincuenta dólares para que no mueran de hambre.

Rechazada la camisa, sigues tu camino. Llevas caminados más de cinco kilómetros, pero no estás fatigado. En una Habana casi sin transporte y comida te habituaste a interminables caminatas para obtener alimento, igual que un beduino a través del desierto.

Sí, eres un gran caminante. Aquí ya has pasado por el Centro histórico, la Zona Rosa, Paseo de la Reforma, Avenida Insurgentes. Por desgracia, tus andares no son turísticos ni persiguen la contemplación de esta bella ciudad. Nada de eso. Te mueves en busca de trabajo, de las tiendas más baratas o para localizar un teléfono público, descompuesto en su sistema de cobro, desde el cual es posible llamar gratuitamente a cualquier parte del mundo. Un teléfono mágico, como le llaman los cubanos. La última vez que descubriste uno hablaste con La Habana, Miami, Madrid, Caracas, París, Milán, ciudades donde ahora viven familiares y amigos tuyos, y hasta con las Islas Fidji. Allí reside tu prima Beba, casada con un próspero comerciante hindú.

Ayer Jaime te dijo que, según le dijeron, en la Avenida Insurgentes, cerca del metro Chilpancingo, hay un teléfono así y hoy vas en su búsqueda. Nada más llegar a Insurgentes ves a unas mujeres de miradas provocadoras y poca ropa.

"Putas", te dices. Nunca te han gustado, pero en algún momento tendrás que recurrir a ellas. Tus apetitos sexuales están muy insatisfechos porque en los seis meses que llevas en México no has logrado conquistar a ninguna mujer. Eso te irrita, menoscaba tu yo nacionalista (¡cómo, un cubano sin mujer!), pero aunque mucho te esfuerzas sólo recibes desaires o sonrisas almibaradas y corteses. Lupe, trigueña, pelo largo de cascada, te sonríe coqueta un día y al otro te ignora. Lo mismo con Victoria y Sara. Todas son educadas, obsequiosas, pero, en definitiva, te rechazan. Hasta la sirvienta donde haces tu única comida al día resiste impávida tus ataques.

"¿Qué me está sucediendo?" te preguntas y recuerdas a Dulce María, tu amor habanero (abandonada por el viaje a México), una rubita de senos pequeños como fresas y nalgas que conocen muy bien el movimiento (caderas, tacón) de tap, tap.

—El problema es —te dijo Jaime burlón —que aquí eres un pobre hombre.

—¿Un pobre hombre? —no comprendes lo dicho por tu amigo.

—Sí, un don nadie, sin suficiente dinero para invitar a una mujer a cenar.

Como un insecto, quedas aplastado por las palabras de Jaime.

Ahora ya pareces un insecto al caminar, baja la cabeza, los hombros caídos, todo tú inclinado, un insecto pisoteado. No mantienes el andar rumboso, sol y alegría, con el que te mostrabas tiempo atrás en La Habana y que tanto gustaba a las mujeres de nalgas ostentosas y tap tap.

Recordando a Jaime, rebasas a las prostitutas y lentamente prosigues tu camino mientras por tu lado pasan aprisa decenas de rostros indiferentes y preocupados. Te sientes solo, muy solo, entre tanta gente extraña y desconocida. Si, al menos, alguien te sonriera, te dices y miras alrededor al detenerte, para cruzar la calle, detrás de un gentío donde nadie repara en ti. Sí, eres un insecto, uno más en la muchedumbre. Tú aspiras con fuerza una bocanada del aire contaminado de la ciudad y avanzas con los demás.

"Todo se solucionará", te dices, tratando de darte ánimo. "En cualquier momento conseguiré trabajo fijo y una mujer".

Quizá mañana te paguen los tres artículos que entregaste a la revistucha de terror, hechos extraordinarios y demás basura cósmica, que demora meses en pagar y cuya administradora es amante de Jaime.

—Necesitas una mujer así —te aconsejó Jaime. Peleona y de piernas como alfileres aunque con solvencia económica.

No escuchas el consejo. Puedes aceptar cualquier cosa, pero tratándose de mujeres necesitas a una dulce y, sobre todo, de nalgas que conozcan el movimiento tap tap.

—Ja, ja —se burló Jaime —¿Y las putas de aquí, a las que seguramente irás a parar, son así?

Las prostitutas. Vuelves a pensar en ellas. Con el dinero que, quizá, recibas mañana en la revistucha podrás pagarle a una. Claro, la camisa de tu hermano y los cincuenta dólares para la Habana quedarán para otro momento.

"De ninguna manera" salta el Pepe Grillo de tu conciencia. "El dinero de la familia es sagrado".

Borras de la mente a la prostituta y piensas en tu prima de las Islas Fidji. Si la llamas a lo mejor recibes la agradable noticia de que tiene un empleo para ti y su esposo te paga el viaje hasta allá.

No te hagas ilusiones. "No me las hago", piensas y apresuras el paso.

Pronto aparecerá la cabina telefónica. ¿Cuántas personas aguardarán allí para una llamada gratuita? Con toda seguridad, decenas, de todas las nacionalidades. Rostros inamistosos, atentos a impedir que alguien converse mucho tiempo o llame dos veces seguidas.

Sólo una cuadra y encontrarás el teléfono.

Cincuenta metros y ya puedes divisarlo. Cuidado. Tres hombres caminan aprisa por tu misma acera y dos mujeres por la opuesta. Apresuras el paso, casi corres. No permitirás que lleguen antes que tú. Los dejas bien atrás. Treinta metros te separan del aparato público. Lo ves perfectamente.

Sorpresa, sorpresa. Allí sólo está una persona. Nadie más. Una mujer alta (eso es lo primero que notas, su estatura) y trigueña. Se encuentra de espaldas y tú recreas la vista en sus grandes nalgas, en sus caderas, ceñidas por un apretado pantalón vaquero que realza sus formas.

Ella se vuelve, se está volviendo y con admiración descubres sus senos, dulces melocotones para ser mordidos. Una de sus manos sujeta con fuerza el auricular y la otra se mantiene en el aire, gesticulante. Son manos largas, quizá un poco toscas, pero tiene una boca gruesa, sensual y unos ojos verdes que, por un segundo, se fijan en ti, recorren tu cuerpo, antes de volver a concentrarse en la conversación telefónica.

Fascinado, te acercas y cuando te hallas a dos pasos ella cuelga y echa a caminar. Entonces, sorprendido, descubres el fabuloso movimiento de tap tap.

"No puede ser", te dices, un legítimo tap tap en el centro de Ciudad México. Sin duda se trata de una cubana, un cubana emigrada como tú, te dice el patriófilo que llevas por dentro.

—Oiga, señor, ¿habla o no habla? —pregunta con voz malhumorada uno de los hombres acabados de llegar.

Tú sostienes en las manos, como si fuera una valiosa alhaja, el teléfono que el hombre mira con codicia. Tus dedos quieren marcar el número de La Habana.

—¿Va a hablar o no, che? —la voz apremiante procede de otro recién llegado.

Tu dedo índice marca el primer dígito, un cinco. Clac, clac, suena el disco del teléfono al girar sobre sí mismo. Clac, clac resuenan en la acera los tacones que se alejan. El dedo se inmoviliza antes de marcar el segundo número. Entonces con torpeza cuelgas y corres detrás de las nalgas, caderas, pantorrillas que ya se pierden entre la multitud.

Por fin la alcanzas, pero ya a su lado no sabes qué decir. No estás en La Habana, donde, sin más ni más, con una excusa, un ardid bien inventado, se puede abordar a una mujer en la calle sin temor a una respuesta ácida, a un desaire.

Te hallas en la megapólica y agresiva Ciudad de México, veinte y dos millones de habitantes, hormiguero de la postmodernidad, máscaras de jade, ojos de obsidiana que cortan en dos al mirar. Vives en el reino de la cortesía impersonal y de la agresividad personalizada. Eso lo sabes muy bien. En otras ocasiones, recién llegado, te contestaron con furor, como si fueras un delincuente, te ignoraron luego de fulminarte con la mirada. No estás dispuesto a sufrir nuevas humillaciones. Pero ¿y si fuera cubana? La situación sería otra.

Tap, tap, avanzan los tacones, map, map, se mueven las nalgas.

Un poco más allá, la boca del metro aguarda para tragarse a los que pasan cerca.

"Sí, pudiera ser cubana a juzgar por la forma de caminar y la estatura", razonas.

Tap, tap. Sólo diez pasos hasta el metro por donde penetra el silencioso enjambre de insectos. De repente, ella te mira de reojo y algo semejante a una sonrisa cruza por su boca. Tú respiras hondo.

—Señorita... perdone... señorita ...

Map, tac, map.

—Mandeee

Ah, mexicana ("mande"), una mexicana que responde a tus preguntas pretextos y luego, mientras viajan en el vagón del metro, permite iniciar una conversación ("¿Cubano?", "¿Ha estado en Cuba?", "No, pero me gustaría mucho")

"Maravillosa mujer", te dices cuando salen del metro.

—Bueno, yo voy hacia allá —dice ella y te tiende la mano.

—Qué casualidad, yo también voy en ese rumbo.

—¿De veras? Qué coincidencia.

Despacio, muy despacio, caminan mientras la conversación y las sonrisas fluyen con suavidad.

"Qué mujer, Jaime", le dirás esta noche a tu amigo.

—Ja, ja, —ríe Jaime y te pone en guardia —Ja, ja, una puta trotadora del metro, de esas que, al principio, parecen muy decentes —la experiencia mexicana de Jaime, acumulada en cuatro años de vida en Ciudad de México, sale por su boca, cortante, lapidaria. Nada pueden tus seis meses contra sus cuatro años.

Y, sin embargo.... ¿Una puta? No lo parece. No perdería tanto tiempo contigo. En el largo trayecto que llevan caminando no ha habido la más leve insinuación a que le pagues por su cuerpo aunque tú avanzas insaciable en el ataque sexual.

Rosenda (dice llamarse Rosenda) sonríe y pestañea con picardía. Te agrada esa manera de pestañear, sugestiva, atrayente, con la que no se dice nada y se dice todo. Así pestañean las cubanas, piensa otra vez tu patriófilo interno. No conversa mucho Rosenda. Escucha y cuando habla es para inquirir sobre ti.

("¿Qué tiempo llevas en México?" "¿Dónde trabajas?", "¿Vives solo?")

Mientes. Mientes a borbotones. Ya no eres un busca empleo, sino un profesor invitado de la Universidad y vives en un confortable departamento, no en un cuartucho.

—Cuidado, puede ser una ladrona —te prevendrá Jaime esta noche —Inquiere sobre ti, averigua tu dirección y luego van sus compinches a desplumarte; así le sucedió a... —nuevamente la sólida experiencia mexicana de Jaime te golpea.

No Rosen (ya le dices así en tu interior) no es una bandida. Eres un lince (un lince cubano) en eso de reconocer y valorar a las personas. Tal capacidad te hizo ver que tu novia habanera no era capaz de estimular tus sueños y ambiciones y que Jaime no pasará de ser un pobre diablo con ínfulas de genio. Rosen es persona decente, se nota por encima de la ropa. Además, ¿qué te pueden robar? te preguntas e instintivamente tocas la cartera donde llevas los pesos mexicanos, 50 dólares al cambio.

Por las dudas comienzas a preguntar sobre ella y recibes la sorpresa de que Rosenda es un castillo cerrado. Sus respuestas son evasivas, ambiguas ("Vivo en La Condesa, pero la semana entrante cambiaré a donde una amiga", "Nací en el norte y hace poco estoy aquí" "Dejé el trabajo y pronto comenzaré en otro").

Insistes pero ella se bate con la habilidad de un hábil espadachín y no logras sacar nada en claro sobre su vida.

La curiosidad, maligno virus, te invade. "¿Quién es Rosenda? ¿Qué hace?, te preguntas.

Caminan lentamente por Tacuba y ella, acompañada por ti, entra en dos o tres tiendas de zapatos, pregunta por precios, modelos. Así, poco a poco, llegan al Zócalo y, como siempre, la visión de esa plaza espléndida te deslumbra.

—Bueno —dice Rosenda —debo irme.

Un momento, grita alguien en tu interior, no vas a permitir que se marcha ahora. Debes de hacer algo para impedirlo.

—¿Estas muy apurada? —por primera vez la tuteas.

Ella consulta la hora en su reloj, observa la calle, te mira dubitativa.

—¿No quisieras beber algo? —preguntas y enseguida recuerdas tus escasos recursos, pero ya la invitación está hecha.

—Es un poco tarde.

—Sólo unos minutos. Bebemos algo mientras conversamos y luego te vas —dices con fingida seguridad.

—Bueno, pero sólo un ratito.

El ratito se convierte en dos horas, sentados en un bar cualquiera del centro, bebiendo "Cubas libres" y conversando animadamente.

Al parecer el ron le afloja la lengua a Rosenda porque es ella quien habla casi todo el tiempo, al principio de cosas intrascendentes, luego de un tema que sirve a tus planes, la relación hombre-mujer. Ese es un tema adecuado para proponer un contacto más íntimo entre los dos. Sin embargo, ella no te da la oportunidad y a la altura del cuarto "Cuba libre" afirma algo que te asombra y molesta un poco.

—Los cubanos son unos machistas y puritanos, siempre guiándose por las sacrosantas costumbres y tradiciones —los ojos le chispean a Rosenda.

"¿De dónde habrá sacado que somos unos machistas puritanos?", te preguntas.

Con los dedos, ella hace señas de que sirvan nuevos tragos y el camarero se acerca con otra ronda de bebidas. A ese ritmo pronto no vas a poder pagar. Debes apresurarte, insinuarte, presionarla para pasar a cosas más concretas, digamos acostarse contigo.

Con torpeza le tomas una mano y le miras de frente. También a ti te está haciendo efecto el ron.

Tú no eres un puritano, murmuras, pero si lo fueras aceptarías cualquier cosa con tal de estar junto a ella.... en la intimidad.

Rosenda pone su mano en tu cabeza y tú sientes el contacto de sus dedos que te acarician el cabello.

—No, no puedo —dice con voz lastimosa, al parecer medio borrachita.

"¿Qué es lo que no puede?", piensas sorprendido y otra vez las dudas te asaltan. "¿Estará educada a la antigua? ¿Será virgen? ¿Será casada? ¿Será?...

—Vámonos ya —la mano de Rosenda te aprieta el brazo. Hay urgencia en las palabras y fuerza en el apretón de los dedos que no son ya los que te acariciaron el cabello.

—¿Por qué tanto apuro?

—Vámonos

Llamas al camarero y al ver la cuenta casi te da un infarto. Por lo visto, entraste en uno de los bares más caros de México. Quizá se equivocaron al sumar, quizá te estén robando. Revisas la cuenta con recelo de tigre pero nada logras descifrar en los garabatos escritos en una tosca hoja de papel. Sólo se ve muy bien la cifra de abajo, unos treinta dólares, más de la mitad del dinero para La Habana, donde, en el próximo mes, van a pasar muchas necesidades.

Siempre has tenido la tendencia a condenarte cuando crees que has hecho algo indebido. Así eres y, aunque te esfuerza por cambiar, la mala conciencia te persigue por todas partes. Ahora, de golpe, te sientes mal al pensar en el dinero para tu familia, dilapidado con una desconocida.

"No debí haberlo hecho", te dices y después de pagar vas tras Rosenda que ya se encuentra en la puerta de salida.

Ella te mira muy seria y te tiende la mano. Hay tristeza en sus ojos.

—Bueno, creo que ahora sí debemos separarnos.

"¿Qué está pasando?", piensas irritado. Encuentras a una hermosa mujer, te gastas con ella tu poco dinero, ella te hace esperanzar y, al final, se marcha tan tranquila. No, de ninguna manera. Eso no se le puede hacer a un cubano, tampoco a un mexicano, ni siquiera a un argentino, quizá a un inglés sí. Tu sentimiento de culpabilidad da paso a la cólera.

—Ja, ja —las carcajadas estremecerán esta noche a Jaime al conocer lo sucedido —una bebedora de tragos gratuitos. Bebe, come algo contigo, disfruta y luego adiós, que te vaya bien. Son muy frecuentes aquí y hoy te tocó a ti.

—¿Por qué quieres irte? —hay irritación en tu voz —¿No la estamos pasando bien? ¿He hecho algo incorrecto?

—No, no, por favor —en el rostro de Rosenda ves inseguridad y temor.

No comprendes nada. Primero ella te acusa de retrógrado y machista y ahora se comporta como una mojigata. Quizá sea una mujer educada a la antigua, la última de ellas, que quiso pasar por postmoderna.

—No temas —tu voz se dulcifica —no te va a ocurrir nada malo. Te lo prometo.

—No, no, yo sé —Rosenda vacila —es que tú no comprendes... lo mejor es separarnos ahora.

—No, yo sí te entiendo.

—Ya te dije que somos muy diferentes.

—No, yo no soy como los demás cubanos, soy como... —vas a decir como un mexicano, pero te contienes —un inglés.

—Sólo buscas mi cuerpo.

—No es cierto, yo quiero una relación espiritual contigo, ser tu amigo —mientes descaradamente —Me gustas por tu inteligencia, tu conversación.

Lo importante es que ella no se vaya. Atraerla, hipnotizarla, como la serpiente a su presa, y luego llevarla a tu cuarto. No, al cuarto no. Vería que eres un pobretón y quizá se decepcione. Primero debes prepararla bien.

Rosenda se te aproxima, te toma de la mano y sientes el agradable olor a perfume que se desprende de su cuerpo. Tomados de la mano caminan.

—¿A dónde quieres ir? —pregunta ella

—A un cine.

En la relativa oscuridad del cine podrás, te dices, tenerla más cerca, acariciarla, besarla. Ya preparada, excitada, la llevarás a un parque solitario. Luego, quizá, a tu cuarto.

—Los cines del centro y los parques por las noches son los lugares más peligrosos de la ciudad —ha dicho siempre Jaime y seguramente diría de conocer tus planes "te asaltarán".

Tú no tomas en cuenta su opinión. Compras las entradas y se te van los últimos pesos, pero no te importa. Ya estas con Rosen. Eso es lo principal para ti en estos minutos. Buscas un lugar bien apartado y oscuro en la semivacía sala. Se sientan.

Desde la pantalla Tom Hanks te mira, pero tú sólo tienes ojos para Rosenda.

—Qué bueno, hace días que deseaba ver Filadelfia —dice ella en un susurro aunque no hay nadie sentado en los alrededores.

—Sí, es una excelente película —dices y la abrazas. Ella se deja abrazar y no rechaza tus labios.

—¿Me vas a querer siempre? —murmura

"Qué pregunta tan idiota en este momento", piensas.

—Sí, sí —apenas puedes balbucear antes de ser atrapado en un profundo beso que te hace olvidar tu familia y el dinero a enviarles, de tu actual pobreza, de todo.

Incontenible, una de tus manos baja por la espalda de Rosenda y comienzas un lento, pero firme, recorrido por su cintura. Ella atrapa la mano y la sujeta con fuerza.

—No, no lo hagas, por favor.

—Sí, sí —ruges.

Soltándose, la mano prosigue su movimiento, se introduce entre las ropas de ella, se detiene en el vientre, lo acaricia. Extasiado por el contacto de esa piel tersa cierras los ojos.

Ella ya no ofrece resistencia y se limita a repetir "no, por favor, no".

En la pantalla Tom Hanks baila con su amigo, pero a ti no te interesa. Estas concentrado en tus propias sensaciones, en el gozo de tener a una mujer entre los brazos luego de seis meses de abstinencia forzosa.

Febril, tu mano se mueve vientre abajo.

—No, no lo hagas —gime Rosenda derrumbada en su butaca, sin fuerzas para rechazarte.

La mano prosigue su avance.

Rosenda se aprieta contra ti y te besa con violencia, casi te muerde. En ese preciso instante la mano ha concluido su recorrido hacia abajo y entre las piernas de ella palpa algo duro y largo como el cañón de una pistola. Vuelves a palpar y reconoces formas que te son muy conocidas.

En la pantalla Tom Hanks besa a su compañero.

—Maricón —gritas y tu mano se alza en el aire para abofetear a la persona que está a tu lado.

Tirada en la butaca, con un hilillo de sangre en los labios, Rosenda llora cuando tú, enfurecido, sales del cine, maldiciéndola a ella, a los mexicanos, a la ciudad, a ti mismo, por ingenuo y cretino, por haber malgastado el dinero para La Habana.

En la calle ya es de noche y ha comenzado a llover.

En la pantalla Tom Hanks se dispone a morir.

Informes personales

Yo era, debo confesarlo, un ser débil y vulnerable, indefenso frente a las muchas ofensas de mis semejantes. Una plaza se desocupaba en el trabajo, yo la merecía, pero los Directores seleccionaban a alguien menos calificado; había un viaje al extranjero, me correspondía ir a mí y el Director enviaba a otro; estábamos conversando, llegaba una hermosa desconocida y a mí presentaban como si yo fuera un bicho de otro planeta. Además, las burlas, las malditas burlas, a mi físico porque, lamentablemente, mis ojos bizquean. "Ahí va Polifemo", murmuraban a mis espaldas, "Bizco, cómprate una tenazas y enderézate la vista", decían a media voz.

Actuaban así conocedores de que yo, por educación, era incapaz de una respuesta violenta o una protesta grosera. Quizá pensasen que trataban con un infeliz, pero se equivocaban completamente. Mi único defecto y terrible desgracia estaba en mi total incapacidad para defenderme.

Sin embargo, todo tiene un límite. Aún los seres más débiles desarrollan un mecanismo de defensa frente al enemigo. Yo lo desarrollé. Era muy sencillo. Simplemente se necesitaba papel, lápiz y sobres; a veces, sellos de correo. Lo utilicé por primera vez con Arturo, un compañero de trabajo a quien le gustaba mofarse de los demás y que un día me hirió cruelmente, delante de todos.

Entonces no hice nada. Me limité a sonreír y lo seguí tratando, igual que antes, pero la ofensa me había quemado, como el peor ácido corrosivo. "Arturo, Arturo, me las pagarás", me prometí, "no sé de qué manera, pero me las pagarás".

Arturo era casado con Lola, una hermosísima y coqueta mujer a quien él, celoso, maltrataba porque ella le sonreía a todos, incluso a mí, y muy especialmente a Fernando. Aquel detalle de las sonrisas me sirvió para que, a solas, escribiera en un papel muy blanco colocado luego en un sobre, "ARTURO CUIDATE. LOLA TE ENGAÑA CON UN COMPAÑERO".

Sobre y papel llegaron a manos de Arturo días más tarde. Yo estaba sentado a su lado cuando le trajeron la carta que él abrió, despreocupado, alegre como siempre. De pronto, su rostro se ensombreció y, sin decir nada, su furiosa mirada azotó a todos los hombres del departamento.

Yo, la expresión muy seria, bajé la cabeza, pero en mi interior la risa corrió saltarina, como agua de manantial. Qué agradable constatar la mortificación de Arturo. "Cabrón, sufre tú ahora", pensé.

—¿Algo de importancia? — pregunté con voz tonta.

—Nada, boberías —respondió, intentando hacerse el indiferente, pero en su tono estaban la rabia y el despecho, propios del hombre traicionado.

No sé cuál fue la conducta de Arturo con Lola al recibir aquella primera carta, pero luego de tres similares ("ARTURO, TARRÚO", "SÍ, SÍ, TE GUSTAN, TE GUSTAN LOS TARROS", "POCO HOMBRE, ¿CÓMO

SOPORTAS UN ENGAÑO ASÍ ?) se transformó en un ser triste y reconcentrado que mostraba un semblante hosco e inamistoso. En cuanto a Lola, ella adelgazó y no alzaba la vista del piso. Al final, terminaron divorciándose y Arturo se trasladó para un empleo peor pagado, en un lugar lejano.

"Victoria, victoria", gritaron emocionadas mis células cerebrales aunque delante de los demás mi rostro mantuvo su impasibilidad habitual.

El método daba resultados, era excelente. Había ganado una batalla, pero otras muchas esperaban. En lo adelante ningún miserable canalla quedaría impune. Todos recibirían su justo castigo. Yo era Edmundo Dantés transformado en el vengador Conde de Montecristo o ¿por qué no? Dios, impartiendo justicia.

Mi segunda misiva fue de otro tono. Estuvo dirigida al Director y contaba algunas verdades ("COMPAÑERO DIRECTOR: LORENZO DICE QUE USTED ES UN MAMARRACHO, INCULTO Y GROSERO, QUE LE HUELE EL CULO AL GRAN DIRECTOR").

Que el Director era grosero, inculto y mamarracho lo sabíamos todos, menos él que tenía una gran opinión de sí mismo. En cuanto a la adulación hacia el Gran Director, Lorenzo debía conocerla de primera mano porque se reunía a solas con ellos. Varias veces lo comentó ampliamente con Fernando quien lo comentó conmigo. Varias veces volví a enviar Informes, dando detalles.

Imbécil Lorenzo. No tuvo en cuenta la primera Regla de Oro del buen Funcionario: jamás murmures de tus superiores. Imbécil y canalla. Siempre adulando, había atropellado a todos. Sobre mí pasó como una locomotora y, a pesar de ser un recién llegado, obtuvo, con su hipocresía y servilismo, el puesto que me correspondía por antigüedad y méritos.

Desde el instante en que el Director comenzó a recibir mis Informes Personales (me gusta llamarles así. En verdad, yo sólo informaba sobre hechos verdaderos y desconocidos) su actitud hacia Lorenzo fue cambiando y, finalmente, aprovechó el primer pretexto para transferirlo a un oscuro cargo en provincia.

Aquella fue la mejor noticia que recibí en mucho tiempo, incluso mejor que la del divorcio de Arturo. Lorenzo había recibido el castigo adecuado para un arribista. La justicia volvía a brillar.

Yo, ingenuamente, creí que iba a obtener su puesto. Para celebrarlo invité a Lola. Siempre me gustó y ella, ya lo dije, me sonreía a veces.

Entonces, mirándome a los ojos bizcos, sonrió coqueta, pero no aceptó.

"Ando muy ocupada", dijo.

Algunos fueron a susurrarme que salía con Fernando. Ah, Fernando. Sin ningún derecho, sólo por ser primo de la cuñada del Director, ocupó la plaza dejada por Lorenzo, mi plaza. No por mucho tiempo. Tal canallada no quedaría impune.

Como halcones enfurecidos, nuevos Informes volaron de mis manos a los ojos del Director y también del Gran Director ("<u>FERNADO DICE QUE USTED ES UN IMBECIL</u>", "<u>FERNADO AFIRMA QUE POR CULPA DE USTED ESTE MINISTERIO ES UN DESASTRE</u>").

Nada sucedió. Al parecer, los Directores se habían vuelto indolentes e inmunes a los Informes. No desesperé y me dirigí a los más Altos Directores ("<u>FERNANDO SE EMBORRACHA</u>", lo cual era cierto, "<u>HABLA MAL DEL GOBIERNO</u>").

Pronto supe que una investigación había comenzado. Era suficiente. A la corta o la larga, Fernando estaba condenado. Una investigación siempre condena, jamás absuelve. Como el árabe, me senté a la puerta de mi tienda y aproveché la espera para enviar Informes sobre una chismosa vecina ("COMPRA COMIDA ROBADA"), el despótico y ladrón carnicero (ROBA EN EL PESO DE LA CARNE Y LUEGO LA REVENDE), un ex condiscípulo devenido engreído y vanidoso académico que no saludaba a nadie ("SU ULTIMO TRABAJO ES UN PLAGIO DE UN AUTOR RUSO DEL SIGLO XVI. INVESTIGUEN)

Otras agudas saetas comenzaron a salir regularmente de mis manos y todas dieron en el blanco. Me sentí muy satisfecho.

Me especialicé en hacer, con la mano derecha y con la izquierda diferentes tipos de letras. Luego compré dos máquinas de escribir y hasta acaricié la idea de tener en la casa una computadora y su correspondiente impresora. Con ellas, los Informes se hubiesen multiplicado por diez. Los inaccesibles precios de las computadoras y las frecuentes interrupciones del servicio eléctrico me hicieron desistir de mi idea. Mejor era continuar el trabajo manualmente.

Un buen día recibí la esperada noticia. Fernando había sido destituido y esta vez mis esfuerzos fueron recompensados materialmente. Los Directores me otorgaron la plaza que siempre me correspondió. Entonces, oh, maravilla, Lola aceptó salir conmigo. Al parecer, había descubierto, finalmente, todos mis valores.

Yo estaba imponiendo un estilo de conducta. Por el ministerio comenzaban a correr, como potros desbocados, Informes semejantes a los míos.

"¿Supiste de la carta recibida por Torres?", "A Jacinto le mandaron...sí, su mujer" "Al Súper Director le enviaron un Informe sobre...", me cuchicheaban al oído. Yo sonreía enigmáticamente sin hacer comentarios. Todo iba muy bien.

Alguien faltaba. Alguien culpable de muchas afrentas y atropellos debía saldar una vieja cuenta conmigo y me preparé para cobrarla. Transformado en acechante araña, siempre en la espera del instante preciso para caer sobre la presa, tejí mi tela con destreza. Sonrisas al Director, obediencia, amabilidad ("Sí, seguiré al pie de la letra sus instrucciones", "Una decisión muy sabia", "Usted sí sabe hacer las cosas, debiera ser Gran Director"). La carnada produjo su efecto. El Director varió su opinión sobre mí, me llevó con él, me puso en contacto con el Gran Director, me introdujo con el Súper Director. Como nunca, fui trabajador, diligente, servicial, simpático (jamás inteligente pues hubiese quebrantado la Segunda Regla de Oro, descrita, ya en 1924, en el Manual del Perfecto Funcionario: "Nunca demuestres iniciativa y brillantez delante de los Superiores"). Mucho había cambiado yo en poco tiempo. Ya no era más el bizco ni el hombre apocado e indefenso del pasado. Ahora, gracias a los Informes, sabía defenderme y tener aire de seguridad en mí mismo.

La ocasión propicia para mi nueva venganza se presentó al anunciarse un próximo viaje del Director al extranjero. Tan contento se veía que cuando le felicité me atreví a pedirle algo de afuera (jabones franceses). "Cuenta con ellos", me dijo mientras me palmeaba con benévola superioridad. "Sabes, he propuesto que en mi ausencia tú me sustituyas".

La estúpida expresión de mi rostro fue de infinita gratitud. "Puede confiar plenamente en mí. Le prometo que no le fallaré", dije, mirando hacia el piso.

Aquella misma noche redacté dos Informes. El primero a los más Grandes Jerarcas: "EL DIRECTOR PIENSA QUEDARSE EN EL EXTRANJERO Y ENTREGAR LA DOCUMENTACIÓN SECRETA QUE MANEJA". El segundo a la esposa: "TU MARIDO SE QUEDARÁ EN EL EXTRANJERO CON SU SECRETARIA".

Algo había de cierto en ambas cartas. En su viaje, el Director llevaría a la secretaria con la cual engañaba a su esposa. El Director dominaba una importante documentación económica secreta.

Nunca hizo aquel viaje. Poco después tuvo una acalorada discusión con la esposa y sufrió un infarto mortal. Pobre hombre, siempre fue un miserable cobarde, oportunista, engreído y tonto. Con su muerte nada perdió el país, al contrario.

Su cargo quedaba vacante y debí apresurarme. De mis manos salieron nuevos Informes que impedirían a otros rivales desplazarme. Esos Informes se sumaron a los que ya corrían por ahí. Era mi íntima y secreta consagración.

Tanto se extendió mi método que pronto llegó una orden de lo más alto prohibiendo tomar en consideración los Informes. Yo sonreí. Los Informes siempre tendrían valor. Nadie iba a silenciar mi voz y proseguí con mi justiciera labor.

Me nombraron en el puesto dejado por el Director. En honor a la verdad, debo reconocer que los Informes no lo fueron todo. Ellos sólo me despejaron el camino. Tanto había cambiado yo que también trabajé intensamente, mis resultados fueron excelentes, y pronto comenzaron a decir que mi manera de hacer las cosas era la mejor.

Fui Director. Yo, un hombre débil, indefenso, feo. Los compañeros comenzaron a adorarme. Aparecieron nuevo amigos que se multiplicaron como los panes y los peces. Deslumbrada por tales éxitos, Lola no pudo rechazarme más y nos casamos. Cuánta dicha.

"Qué bella es la vida", me dije una mañana al entrar en mi nuevo despacho. Era amplio, acogedor, elegante, con un confortable sillón y una sólida mesa de caoba pulida. Arriba de ella yacía un gran sobre rosado, acabado de llegar con la correspondencia del día. Lo abrí lentamente. En una blanca hoja de papel afiligranado una letra torpe decía "BIZCO INMUNDO TU MUJER TE ENGAÑA CON UN COMPAÑERO DE TRABAJO".

Un anónimo. Un torpe y sucio anónimo, intentando enlodar a Lola y destruir mi felicidad. Por supuesto, se equivocaba el infame remitente si pensaba que yo creería aquella sucia carta. Fui a romperla en pedazos cuando me interrumpió el sonido del intercomunicador. El Gran Director me convocaba de inmediato a su despacho.

"No creería una sola palabra de aquella calumnia", me repetí mientras caminaba y mis coléricos ojos azotaron a todos los hombres del departamento. Nadie me devolvió la mirada.

"Adelante", gritó el Gran Director y con timidez entré en su gran despacho. Era imponente el Gran Director, robusto, macizo, como un buró de caoba, con toda la fuerza interna que otorga la Gran Jefatura. Algún día yo sería como él.

Allí, frente a él, su mirada dura, violenta y su expresión colérica me fulminaron.

—Sabes —dijo —últimamente he estado recibiendo repetidas noticias de un mal trabajo de tu parte...

¿Cómo era posible afirmar aquello? Desde que me nombraron había sido puntual como nunca, había sido obsequioso, complaciente, obediente. Había cumplido rigurosamente todo lo ordenado por él y los demás Grandes Directores, trabajando muy duro. Tenía que haber un error, una confusión.

No respondí nada. Confundido y sumiso bajé la cabeza. Entonces, en una esquina de su elegantísimo buró de caoba pulida, vi un gran sobre rosado.

—...Por eso, para bien del Ministerio, he decidido que tú vayas a trabajar a...

Un gran sobre rosado, igual al recibido por mí, junto al cual yacía una blanca hoja de papel afiligranado en el que creí ver una letra torpe.

Hablar con la Habana

Esa mañana despertó intranquilo, con la sensación de que algo desagradable iba a sucederle. Por supuesto, la culpa era, se dijo, de su desesperación por encontrar uno de aquellos teléfonos públicos, desde el cual podría hablar gratuitamente con La Habana o cualquier parte del mundo.

—Eres un idiota sentimental —decía Jaime cuando él le hablaba de su imperiosa necesidad de comunicarse con su madre, su novia, sus amigos y familiares, dispersos por la Isla y tres continentes.

No, él no era un sentimental ni mucho menos un idiota, pensó mientras se vestía, pero la soledad, la soledad, diaria, cotidiana, vivida en su pequeño cuarto, era como un triste día de invierno del cual sólo le hacía escapar la voz de sus seres queridos.

Aprisa se vistió y salió a la calle. Hoy, estaba seguro, hallaría uno de aquellos teléfonos, ilocalizables desde el desagradable día de su encuentro con el travesti que tan mal momento le hizo pasar.

Jaime le había pasado la información; por la avenida Montevideo, en el barrio de Linda Vista, había uno.

Extraño, Jaime averiguaba las direcciones, pero nunca iba a hablar. Claro, su esposa y dos hijos estaban en Nueva York y su situación económica no era de las peores. Con los artículos, dos veces por semana, para el periódico y las correcciones de libros en el Fondo de Cultura Económica podía vivir austeramente, pero sin miserias, incluso con ciertos lujos (cerveza en las comidas, pollo rostizado los sábados y cine los miércoles cuando los boletos eran más barato) y, sobre todo, sin añorar la Isla que era algo lejano, un recuerdo en el pasado para comentar, de cuando en cuando, en las reuniones dominicales de amigos cubanos en su casa.

En cambio él, por mucho que luchara, no lograba nada estable ni bien pagado. Las traducciones del alemán eran tan escasas y pobres como las lluvias en el desierto y las del japonés tan difíciles de obtener como la sonrisa de una bella mujer. Para subsistir y enviar los sagrados 50 dólares a La Habana sólo contaba con los articulitos en la horrorosa revista de horror del gordo cara de sapo que sonreía con la mitad de la boca, miraba con ojos bizcos y pagaba cuando quería, de tarde en tarde.

El recuerdo del gordo le inquietó y le hizo apresurar el paso al entrar en el metro de Chilpancingo, desierto a esa hora.

Desierto también se hallaba el vagón que abordó, con sólo una anciana señora sentada junto a una enana, a un anciano que hablaba consigo mismo y a un hombre vestido como un indigente, de barba y larga cabellera que le miró con ojos furiosos ¿Un borracho? ¿Un drogadicto? ¿Un loco? Seguramente alguien peligroso si se sentía provocado.

Sin devolverle la mirada, él se sentó junto a la puerta delantera y pensó en lo que conversaría cuando comunicara con La Habana. Primero hablaría con su madre, quizás con su hermano, después marcaría el número de su novia que, a esa hora, 9 de la mañana, aún estaría en casa. Si la cola en el teléfono no era muy grande trataría de comunicarse con su prima Beba la de las islas Fidji y, finalmente, con Perico en Brooklyn.

Dos paradas más allá, al bajar del vagón vio que el hombre de pelo largo también lo hacía y, por un momento, temió lo peor, un asalto, una agresión. Sin embargo, el otro se detuvo indeciso y después se perdió entre la multitud. Aliviado, él trasbordó hacia la línea azul y en Basílica salió a la Avenida Insurgentes y por ella llegó a Montevideo.

¿Dónde estaría el teléfono? Jaime no había sido preciso ("Por Montevideo a unas cuadras del metro").

Decidió probar fortuna hacia la derecha. Lentamente, caminó una, dos, cuatro, seis cuadras, pero los pocos teléfonos que encontró en el camino no daban acceso a las llamadas internacionales.

Oh, Dios, hasta cuándo tendría que comunicarse así con sus familiares. ¿Cuándo tendría suficiente dinero para llamar desde la tranquilidad de su casa?, se preguntó y, a mediados de la calle, divisó una cabina telefónica junto a la cual varias personas hacían cola. Aquel era el lugar, pensó con nerviosismo, el nerviosismo que siempre le dominaba cuando iba a hablar con sus familiares.

Allí, en fila, aguardando por el teléfono, estaban una mulata, un negro, cubanos sin duda, y una mujer aindiada En la cabina hablaba un anciano que colgó cuando él se situó en la fila tras la mujer aindiada. Entonces la mulata entró a la cabina y comenzó lo que sería una larga conversación.

—Apúrele —le dijo cinco minutos después la mujer aindiada a la mulata, pero ésta, imperturbable, continuó conversando. Hablaba en voz baja, pero, a veces, elevaba la voz y hasta él llegaron hilachas de sus palabras. Quizá la línea estuviese mala o ella se emocionaba.

—Mami, chica, ¿recibiste los 20 dólares que te mandé?

El negro, alto, corpulento, se movió delante de él. Tenía las manos grandes con los nudillos abultados, como los de un boxeador o un karateca. Iba bien vestido y en su muñeca derecha brillaba un costoso reloj. Él fue a decirle algo, pero se contuvo. En realidad, no le agradaba encontrarse en la calle con sus escandalosos compatriotas, tan poco educados.

Dos personas se acercaron para hablar, pero al ver la pequeña fila desistieron y fueron en busca de otro teléfono. Por la Avenida Montevideo los autos pasaban a toda velocidad, indiferentes a lo que ocurría alrededor de la pequeña cabina.

—¿Qué? ¿La niña se enfermó? —la voz sonaba alterada —¿Qué? No te oigo.

Él miró hacia arriba y vio la enorme nube oscura que comenzaba a cubrir el cielo. Pronto tendrían lluvia, se dijo.

—Órale, ya deje de hablar tanto —la mujer aindiada estaba junto a la cabina y le gritaba a la mulata.

—¿Mami, qué dices? No te puedo oír bien Aquí hay mucho ruido.

—Cuelgue ya —ordenó la mujer.

—No te oigo —la mulata separó el auricular del oído y se volvió hacia la mujer —Señora, cállese.

—Sálgase de la cabina y deje hablar a los demás, chingaa.

—Chica, vete a la mierda —gritó la mulata y volvió a hablar por el teléfono —Dime mami, habla alto...

—Ora mismo voy a buscar la policía —la mujer caminó por la avenida.

El negro chocó los nudillos de las manos entre sí y movió la cabeza.

Por un momento, él pensó marcharse y regresar más tarde, pero desechó la idea. Probablemente cuando volviera estarían diez o doce persona o el aparato se habría inutilizado. No, mejor esperar con calma.

En el cielo la nube oscura terminaba de tragarse la opaca luz del sol y el olor a una próxima lluvia lo impregnó todo.

—Bueno, tengo que dejarte. Dentro de un rato te vuelvo a llamar —había urgencia en la voz de la mulata que colgó y salió de la cabina en la que entró el negro. Era tan alto que su cabeza casi chocaba con el techo. La mulata se situó otra vez en la fila para volver a hablar.

El dedo del negro marcó un 98, enseguida el conocido 537 de La Habana y un número de la ciudad. A él, el dedo del negro, muy largo, le pareció la hoja de una tijera clavada en el cuerpo del teléfono. Unos segundos después el negro sonrió y comenzó a hablar en voz muy baja, como si temiese que sus palabras fuesen escuchadas fuera de la cabina. Varias veces cambió el auricular de oreja mientras gesticulaba con la mano libre. Algunas de sus palabras llegaron a él "No, ahora no. Te dije que no" .En ese momento ya no sonreía y su rostro estaba muy serio y contraído

¿Con quién estaría hablando?, se preguntó. ¿Con la esposa, la madre, la hermana? Con quiera que fuese no era una conversación agradable. ¿Qué estaría diciendo? ¿Que le iba mal y no podía enviar dinero? ¿Qué no había conseguido la visa mexicana para la esposa?

—Pero ¿cómo es eso, coño? —gritó el negro y con el puño golpeó el cristal de la cabina. Él y la mulata lo miraron sin decir nada. El negro al verse observado bajó aún más la voz y con el auricular bien pegado a la boca

habló en un susurro. Después colgó violentamente el teléfono y por un momento se quedó mirándolos a ellos,
como si no supiera qué hacer. Se veía muy alterado y
cuando salió de la cabina tenía las manos apretadas y la
vista en el suelo. Lentamente caminó y se situó detrás de
la mulata para volver a llamar.

Él hubiese querido cederle su turno, decirle que no
se desesperara que, seguramente, todo se solucionaría
en Cuba, pero la mulata ya le hacía señas de que no de-
morara y comenzara a hablar.

Entonces una gota de lluvia cayó sobre su nariz, se-
guida de otras que mojaron el pavimento. "Lo que faltaba, la cabrona lluvia", pensó y fue a entrar en la cabina.

—Esos mismos son, esos —la mujer aindiada estaba a unos pasos de ellos, acompañada por dos policías,
pequeños, cuadrados, rostros duros de mastín.

—¿Qué sucede? —dijo uno de los policías, el más
pequeño, mirando hacia la mulata.

—Nada chico, estamos hablando por teléfono.

—Son unos abusivos —dijo la mujer aindiada.

—Documentos —exigió el policía más alto. Tenía
los ojos pequeños y los labios muy gruesos.

"¿Documentos? ¿Pero quién lleva documentos de
identidad en México cuando en la primera esquina te
pueden asaltar y robar?", pensó él.

Por supuesto, no los tenían. Eran indocumentados.
Él por dejarlos en el cuarto a salvo de posibles asaltos, el
negro y la mulata por razones que él nunca supo porque
nunca más los volvería a ver.

En aquel momento, la ausencia de documentos le
hizo sentir como si estuviera desnudo. Desnudo en una
céntrica avenida de Ciudad de México donde la gente
pasaba y los miraba con indiferencia, sin importarles
que fueran tres cubanos indocumentados a quienes una

mujer acusaba de hablar por teléfono y la policía les exigía sus papeles migratorios.

— No los tenemos — dijeron la mulata y el negro.

— Los dejé en la casa — explicó él.

— Extranjeros sin documentos. Algo muy grave –dijo el policía de los labios gruesos — A ver, acompáñenos.

— Eso, eso, llévenselos presos por abusivos — chilló la mujer.

— Vénganse por aquí — la mano derecha del policía de labios gruesos fue hacia su pistola mientras que la izquierda apuntaba hacia un auto estacionado a pocos metros de distancia.

De uno en fondo, como reces al matadero, caminaron hacia el vehículo policiaco en cuyo asiento delantero había una revista Play Boy.

— Súbanse

Aprisa subieron al auto. Delante los dos policías, detrás él, la mulata y el negro.

La mujer aindiada se quedó en la calle, gesticulando. Después entró en la cabina telefónica y a él le pareció que sonreía mientras marcaba un número de teléfono.

Pero, qué era aquello, Dios, terminar preso en México por hablar por teléfono y no portar documentos de identificación. Él que nunca había estado preso en Cuba. Qué era aquello, por Dios, no, no era posible. Hubiese querido gritar, golpear a uno de los policías, abrir la portezuela y correr, correr hasta La Habana y su familia, No hizo nada y se hundió en el asiento, los músculos en tensión. A su lado, el negro miraba hacia la calle y parecía indiferente, como si nada le importara. La mulata estaba a punto de llorar.

El auto avanzó lentamente a través del intenso tráfico de la avenida y de la lluvia que caía con fuerza en gruesas gotas.

—¿De dónde son? —preguntó el policía de labios gruesos. Su compañero manejaba y los observaba por el espejo retrovisor a través de unos espejuelos oscuros que ocultaban sus ojos.

—Cubanos —respondió el negro con calma.

—Ah, cubanos ¿Y qué hacían en esa esquina?

—Nada, señor, hablábamos por teléfono, ¿eso está prohibido en México? —la voz de la mulara era agresiva.

—En México no hay nada prohibido señorita. Lo que sí está prohibido es andar sin documentos —chilló el policía de labios gruesos.

—No es cierto. Los mexicanos no portan documentos —dijo ella con furor.

—Cállese —gritó el policía.

—¿Y qué hacían juntos en ese lugar? — los espejuelos oscuros volvieron a observarles por el espejo retrovisor.

—Ya la señorita le explicó que hablábamos por teléfono —dijo el negro sin dejar de mirar por la ventanilla.

En las aceras se habían abierto los paraguas y todos caminaban aprisa.

—Hablaban por teléfono, quién sabe con quién, y sin documentos —la voz de los labios gruesos fue irónica. —Eso es grave.

¿Qué había de grave?, se preguntó él y trató de serenarse. ¿Qué podían hacerle por no llevar sus papeles consigo? En cuanto se lo permitieran iría a su cuarto y los recogería. Aunque, tratándose de la policía mexicana, todo era posible. Ya se lo había advertido Jaime.

—¿Qué van a hacernos? —dijo.

—Pos los llevaremos a la Delegación —el policía de los espejuelos oscuros volvió la cabeza hacia ellos por un momento.

—Nada bueno les espera —dijeron lentamente los labios gruesos.

—Si no tienen los documentos en regla les pondrán una multa muy fuerte y los expulsarán del país enseguida.

—Nada bueno —repitieron los labios gruesos — habrá que investigar con quienes hablaban. En esta zona operan unos cuantos narcos.

El auto dobló lentamente a la derecha por una estrecha boca calle por la que avanzó un largo trecho, después tomó a la izquierda y luego nuevamente a la derecha por una calle de casas pequeñas y feas. La lluvia había amainado, pero apenas se veían personas. ¿En qué lugar se hallaban? No lo sabía.

¿Y si aquellos policías pretendían extorsionarlos? ¿Quizás inventarles una falsa acusación? Quizás robarles, quizás...

—No tienen derecho, no tienen derecho —gritó la mulata y agitó las manos en el aire. Se veía muy alterada —Yo sólo hablaba por teléfono.

—Cállese ya o se las va a ver pero que muy mal — gritaron los labios gruesos.

—Yo hablaba con mi madre que está muy enferma y me espera ahora en casa —lloriqueó la mulata.

Pero si acaba de hablar con su madre en la Habana, se dijo él, admirado del histrionismo de la mulata.

—Está muy enferma y me espera.

—Cálmese, señorita — dijo el policía de los espejuelos oscuros —nada le pasará a su señora madre.

Ah, el policía bueno y el policía malo "¿Cómo terminará todo?", se preguntó cada vez más nervioso.

—¿En qué chambean ustedes? —dijo el policía bueno.

—¿Chambear? —Por lo visto la mulata llevaba poco tiempo en México.

—Soy instructor de deportes —respondió el negro.

"¿Instructor de deportes y lleva un Rolex en la muñeca?", pensó él.

—Yo periodista y profesor de japonés y de alemán —dijo.

El auto continuó dando vueltas sin ir a ninguna parte. Era obvio que no se dirigían a ninguna Delegación. ¿Cuánto les pedirían por ponerlos en libertad? Él sólo llevaba treinta dólares, todo su dinero hasta fin de mes.

—A ver, ¿ninguno de ustedes carga armas? —interrogaron los labios gruesos.

¿Armas? ¿Cómo un cubano iba a llevar armas en México?

El auto hizo un brusco giro a la izquierda y él casi cayó sobre el negro que continuaba mirando por la ventanilla.

—¿Pero qué armas voy a tener yo?—respondió la mulata, llorosa.

—Yo no.

—¿Y Usted, señor pardo? —los espejuelos interrogaron al negro a través del espejo retrovisor.

—Yo sólo llevo esto —con calma el negro llevó la mano a su bolsillo y extrajo una enorme navaja.

En la calle el ojo de un semáforo enrojeció y el auto frenó bruscamente.

—¿Qué es esto? —el policía de labios gruesos le arrebató la navaja al negro y la abrió. Abierta era tan larga como un machetín y muy filosa —Un arma agresiva y mortal.

—¿Señor pardo, para qué se carga usted un arma así? —preguntaron los espejuelos mientras el auto volvía a ponerse en marcha.

—La uso para sacarle punta a los lápices.

¿Estaría loco aquel negro de mierda?, se dijo él ¿Una navaja, capaz de rebanarle el cuello a cualquiera, para sacar punta a los lápices? ¿Se estaría burlando de los policías? No era el mejor momento. Ahora el policía malo se veía furioso y el bueno muy disgustado.

—De esto va a tener que responder en la Delegación —dijo el malo.

—Señor pardo usted está en un grave problema. Mucho le costará salir de él —dijo el bueno sin desviar la vista del camino.

—Ay, Dios mío, ay, mi madrecita enferma me está esperando y yo aquí presa —la mulata comenzó a llorar histéricamente.

Él se hundió en el asiento sin saber qué hacer ni qué decir. Qué caro estaba pagando el querer hablar con sus familiares de La Habana, pensó y miró hacia la calle. Llovía y nuevamente los paraguas corrían por las aceras. Bajo uno de ellos creyó ver, fugazmente, a Jaime, pero era imposible. Jaime jamás estaría en esa zona. Ahora iban a toda velocidad por la Avenida Eduardo Molina rumbo al norte, ya muy lejos del lugar de la detención.

Si los policías lo extorsionaban tendría que entregar sus últimos treinta dólares y si lo llevaban a la Delegación pasar por la vergüenza de llamar a sus amigos para que le enviaran los documentos y luego contar la historia de la detención. Por supuesto que más tarde Jaime se burlaría a carcajadas. Se burlaría si todo no pasaba de una simple detención.

—Ay, ay, por favor, déjenme —gimió la mulata.

El auto bufó y frenó de golpe frente a un edificio en ruinas. El policía bueno volvió la cabeza y se quitó los espejuelos. Tenía los ojos enrojecidos como si no hubiese dormido en mucho tiempo.

—Órale, ya bájese de una vez, ya bájese —ordenó.

Sorprendida, indecisa, la mulata no supo qué hacer de momento y él tuvo que abrirle la portezuela del auto. Ella descendió lentamente y cuando el auto partió a toda velocidad se quedó inmóvil bajo la lluvia, por lo visto perdida, sin saber a dónde ir.

En silencio estuvieron mientras avanzaban por calles cada vez más despobladas, totalmente desconocidas para él, en las que sólo se veían perros callejeros y gentes andrajosas. ¿Cuándo llegarían a la Delegación? ¿Pero, iban a una Delegación o a otra parte?, se preguntó. ¿Adónde les llevaban?

—¿Falta mucho para llegar?— en su voz había nerviosismo.

—Horitita lo verán —algo parecido a una sonrisa pasó por los labios de los espejuelos oscuros.

—Y usted, señor pardo, ¿cómo piensa solucionar su situación? —los labios gruesos hicieron una mueca.

—Algo haré —respondió el negro y miró de frente al policía.

—Dice que hará algo —los labios gruesos le sonrieron a los espejuelos —parece un ricachón de esos que todo lo solucionan ¿Carga harta lana, señor pardo? —los labios se volvieron hacia el negro y miraron su reloj.

-Ya les dije que sólo soy entrenador deportivo.

—El jefe se va a enojar mucho. ¿Saben lo que les hizo a los dos últimos que capturamos como a ustedes? —los dedos índice y pulgar del policía de labios gruesos le apuntaron a la cabeza —Bam.

El sonido de la boca se confundió con el pito de un tren que corría paralelamente a ellos.

—Ah, que chingao tan bromista —los espejuelos rieron. —el jefe es buena onda. Lo malo es que se haya ido y nos encontremos con el subjefe. Ese si es peleonero y no se los recomiendo. Naditica le va a gustar que no carguen documentos y sobre todo la navaja del pardo. Pero ya veremos qué hacer por ustedes.

Él hubiese querido estar en aquel tren que ya se perdía en la lejanía y no parar hasta llegar a algún puerto y de allí hasta La Habana

—Un momento, nosotros no hemos hecho nada. Sólo no traemos los documentos y hablábamos por teléfono. Eso no es delito en ninguna parte del mundo — gritó él.

—En ninguna parte del mundo no, pero en México sí —los labios rieron groseramente.

—Horitita lo veremos, lo veremos —dijeron los espejuelos.

Ahora avanzaban junto a descampados y ya no se veían casas ni personas.

De repente, recordó la tarjeta de presentación que el gordo director de la revista de horror le había dado días atrás. ¿Dónde la había puesto? En la cartera. Aprisa la extrajo.

—Esta es la tarjeta de presentación de mi empleador que es amigo del director del periódico Excélsior — mintió —Se va a disgustar mucho si no me ve esta tarde.

El policía de los labios gruesos tomó la tarjeta, le echó un vistazo y se la pasó a su compañero que, quitándose los espejuelos y sin dejar de conducir, la leyó atentamente.

—Así que amigo del señor Díaz Pedroso —dijo con gravedad mientras giraba el timón hacia la izquierda.

El auto tomó por una calle estrecha, de pequeñas casas, que se ensanchaba un poco más adelante y unos minutos después entró en una gran avenida que él reconoció como Insurgentes norte a la altura del metro Indios Verdes. Poco antes de llegar al metro se detuvo.

—Bájese —dijo el policía de los espejuelos.

Él fue a descender, pero se contuvo.

—¿Y mi compañero? —dijo y señaló al negro que estaba contraído en su asiento, la boca muy apretada.

—Aún debe conversar con nosotros y responder por su navaja.

—No ha hecho nada. Lo conozco, es una buena persona.

—¿Va a seguir acompañándolo? —había agresividad en la voz del policía de labios gruesos.

—¿Quieres que me quede contigo? —le preguntó al negro.

—Mejor te vas —dijo el negro.

—¿Quieres que haga algo por ti?

—No, no hace falta. Mejor te vas —el negro movió lentamente la cabeza, negando.

—Acabe de descender —dijeron los espejuelos.

Él bajó lentamente y el auto partió a toda velocidad. Entonces se dijo que ni siquiera sabía el nombre del negro.

Había dejado de llover y la gente salía y entraba aprisa del metro. Indeciso miró el reloj y se preguntó qué haría. Todavía era temprano. En media hora estaría en el teléfono y si tenía suerte podría hablar con La Habana, pensó y echó a caminar hacia el metro.

A lo lejos
volaba una gaviota

Digamos, pues, que estoy loco
Edgar Allan Poe

En principio fuimos cinco en una balsa. Decir balsa no es exacto porque aquello no era más que varios neumáticos de camión, amarrados entre sí y recubiertos con una fina malla de alambre. Para remar dos paletas de madera. Cuatro hombres, un periodista, Juan Rojas, un abogado, Luis Vázquez, un sicólogo, Orlando Pantoja, yo y mi perro Lucas, dispuestos a recorrer 180 kilómetros por el mar.

Alguna vez llegué a ser un prometedor profesor de literatura anglo norteamericana, profundo conocedor de Poe, pero aquello fue mucho antes. Después, en palabras de Shakespeare, me convertí en alguien a quien los golpes viles del mundo exasperaron tanto que estaba dispuesto a todo. Tres años de cárcel y el doble de trabajos embrutecedores abrieron mi corazón a sentimientos que nunca tuve: odio, deseo de venganza, pesimismo. También me abrieron, pero en el estómago, una úlcera incurable que cuando se exacerbaba era preferible la muerte a la desgracia de vivir.

Quizá por ser pesimista no compartí el júbilo de mis acompañantes al navegar la balsa las primeras horas y escapar a la vigilancia de radares y guardacostas cubanos. Tampoco participé en sus conversaciones sobre el brillante porvenir, según ellos, de cada cual. Me mantuve callado, rumiando ideas y recuerdos, fija la mirada en un horizonte oscuro que, a veces, era rasgado por fantasmales relámpagos. Sus planes y los míos habían avanzado juntos hasta aquí y tomaban rumbos diferentes.

Todo fue muy rápido en la playa, desierta, silenciosa, de donde partimos una noche tan oscura como una mancha de tinta en la que nos reconocíamos por las voces. Aprisa, llevamos la balsa a la orilla y ya íbamos a echarla al agua cuando los ladridos, lejanos, cercanos (no pude precisarlo) de un perro azotaron las tinieblas, paralizándonos. Estoy seguro de que los cuatro pensamos en la patrulla fronteriza. Probablemente, así inmovilizados, parecíamos hombres colgados de las horcas.

—Vamos, coño —ordené, reaccionando, y pusimos la embarcación sobre las olas. Yo no había sido designado jefe, pero mis órdenes se acataban, quizá porque era mi segundo intento de salida clandestina, quizá porque mi voz, dura, ácida, imponía respeto (o miedo).

Uno tras otro, fuimos subiendo a la embarcación, yo el último. Delante, con los remos, el sicólogo y el abogado. Detrás, conmigo, el periodista, En el centro, Lucas llevaba el hocico amarrado para que no ladrara aunque mi perro jamás me hubiese delatado. Ellos no querían llevarlo, pero yo no iba a dejar al único amigo fiel que no me abandonó en mis años de tristeza y soledad.

—Puede ser peligroso —dijeron -¿qué harás con él en alta mar?

—Conversaremos cuando estemos solos —mi voz se enronqueció. Una voz así debió tener Hamlet al hablarle a su padrastro, el rey fratricida —Sin el perro no iré.

Tuvieron que aceptar mis condiciones y allí estábamos, tensos, callados, remando con todas nuestras fuerzas. Pronto, empujados por el viento de tierra, avanzamos varias horas, hasta donde los guardacostas no podían descubrirnos. El radar sí. Imaginé el oscuro equipo de persecución, con su movible oído electrónico, rastreando, como un sabueso mecánico, localizando nuestra diminuta balsa, una pequeña presa en la infinitud del mar. Imaginé la orden de captura, la jauría de guardacostas y lanchas rápidas, rodeándonos, las narices de las ametralladoras apuntándonos, los gritos.

Todo lo imaginé a partir de lo contado por otros en la cárcel porque, aunque siempre afirmé haber avanzado lejos en el mar, nada de aquello me sucedió. Apenas llegar a la playa, donde me aguardaba un bote a motor, cuatro soldados, sorpresivos cazadores nocturnos, saliendo de las sombras me rodearon.

Con los brazos en alto, aguardé lo peor, pero no hubo nada horrible. Sólo me llevaron a un camión y luego a una celda en la que, sin maltratos, sin ofensas, un oficial investigador hizo preguntas que no me sorprendieron. Un mes estuvimos juntos el oficial y yo, el queriendo conocer, yo queriendo conocer. Al final, no supo mucho porque no había mucho para saber. Simplemente un hombre que se cansa y teme, que descree y desea huir de la felicidad impuesta, nociva como todo lo impuesto. El oficial no pudo averiguar casi nada, pero yo logré atar los cabos sueltos de la captura y comprendí que ni la mala suerte ni mi posible negligencia debían ser culpadas.

La cárcel la resistí lo mejor posible. Yo había intentado cruzar un límite prohibido y me correspondía pagar por mi osadía. Siempre ha sido así en todo el mundo. Sufrí la cárcel, pero lo peor estaba por venir.

—Vamos a remar —le dije al periodista cuando el sicólogo y el abogado dieron muestras de agotamiento. Se veían muy cansados y era de esperar. Nunca desde que los conocí estuvieron sometidos a un esfuerzo físico ni a una tensión emocional tan grandes. Yo, en cambio, tenía fortalecido el cuerpo y los nervios. Los años de prisión y los posteriores trabajos de cortador de caña, sepulturero y recogedor de basuras obraron el milagro de transformar a un melindroso y amanerado profesor en un individuo capaz de realizar cualquier tarea física y soportar situaciones muy duras.

Remamos hasta que las manos se nos ampollaron.

—Ahora ustedes —dije un amanecer plomizo y el sicólogo y el abogado se hicieron cargo de los remos. En el centro de la balsa, el hocico ya libre, Lucas dormitaba y de su boca escapaban roncos gruñidos. ¿En qué sueño o pesadilla estaría envuelto mi querido perro? No quise despertarlo. Un largo camino quedaba aún por recorrer y lo mejor era que descansara.

—Pronto llegaremos —dijo el periodista con gran seguridad.

Desde los años en que estudiamos juntos en la secundaria siempre fue así, confiado en sí mismo, temerario, capaz de aseverar disparates si con ello llamaba la atención. Quizá por su temeridad, quizá porque conocía su verdadera opinión política, le propuse acompañarme en mi primer intento de fuga. Su respuesta me fulminó.

—¿Estás loco? ¿Irme ahora que estoy subiendo? Ni pensarlo —él calló un instante —Y tú debes cuidar lo que dices y a quien se lo dices. Soy tu amigo, pero si das con otro deseoso de hacer méritos... —No concluyó la frase. Poco después yo iba a la cárcel y él comenzó su gran carrera.

Allí en la balsa se sentó a mi lado e introdujo los pies en el agua.

—Yo, en tu lugar, no haría eso —dije.

—¿Por qué?

—Si logras llegar a Miami quizá te llamen el cojo. A los tiburones les gustan los pies gruesos como los tuyos —dije y sentí el placer de provocarle miedo. Además de osado, se las daba de valiente. En el fondo era un cobarde.

Los pies salieron aprisa del agua y sus ojos escrutaron, inquietos, los alrededores de la balsa. Las olas continuaban lamiendo sus bordes suavemente. Yo me eché junto a Lucas. Quise dormir, pero no pude.

"¿Qué diablos hacíamos allí?", pensé, "¿Por qué se iban ellos? ¿Por qué me iba yo?"

Probablemente el calor o el remar durante toda la noche habían reblandecido mi cerebro hasta el punto de hacerme volver a preguntas cuyas respuestas eran más que conocidas.

Dominados por el síndrome SIN (Sociedad Interiormente Náufraga), sin suficiente comida, sin electricidad para alumbrarse, sin gasolina para sus autos, ni muchos libros y medicinas, la existencia se les había transformado en una siniestra pesadilla. Por eso se iban. Diez años atrás, cuando yo quise largarme, ellos vivían bajo el signo CON (Comunidad Orgullosamente Nacionalista), satisfechos de sus vidas, el Gobierno, las consignas, los líderes, el pueblo, las órdenes. Muchísimos otros continuaban aún gustosos bajo el signo CON, pero a mí no me importaban ni el SIN ni el CON. Era tan nacionalista como una cucaracha con relación a su espacio y luego de llevar, durante años, la vida de un insecto podía sobrevivir sin comida, electricidad, gasolina. En cuanto a los libros sólo releía las obras completas de Shakespeare y Poe que me quedaron y tal como se hallaba mi enfermedad las medicinas de nada servían.

—Miren —gritó el sicólogo —un tiburón.

—Ahí hay otros dos —el periodista señaló una segunda aleta que, como un filoso cuchillo cortando la carne, se movía entre el agua.

Lucas ladró hacia el mar, quizá presintiendo el fin de nosotros.

—Y allá dos más. Coño, estamos rodeados —el brazo del abogado se agitó en aire.

—Van a atacar la balsa y comernos —el sicólogo se puso de pie.

Desde el inicio del viaje había demostrado miedo, pero en ese momento el terror le dominaba. No parecía el mismo sicólogo siquiatra a quien acudí en busca de ayuda para mis trastornos nerviosos. Entonces él era un hombre sereno que, sin inmutarse, se adentró en los laberintos de mi mente, dominada por el irreflexivo temor de que, descubierta mi latente homosexualidad, yo fuera expulsado de mi trabajo en la Universidad. Tan mal llegué a sentirme que, finalmente, le confié mi secreto plan de escapar en un bote.

—No quiero saber nada de eso —dijo nervioso y pestañeó —Me estás comprometiendo. Yo no debo saber nada porque si lo sé tendré que informarlo.

En el medio del mar yo lo miré fijamente.

—Cálmate. Los tiburones no atacan antes del almuerzo —le dije burlón.

No solamente no atacaron, sino que hacia el mediodía se fueron, quizá en busca de alimentos más apetitosos porque nosotros nos veíamos muy mal. El abogado vomitaba, el periodista y el sicólogo mostraban síntomas de deshidratación y mi úlcera era un alacrán que, una y otra vez, descargaba su aguijón contra las paredes de mi estómago.

Entonces dejamos de remar y la balsa fue a la deriva. Dominando el dolor me acerqué al abogado y le tendí mi cantimplora con agua. Para evitar fricciones, habíamos acordado que cada uno llevara su propia reserva de agua.

—Bebe un poco—dije —le puse naranja agria. Te sentirás mejor.

—Muchas gracias —murmuró —Te portas muy bien. No sé cómo agradecerte.

El alacrán me acuchilló nuevamente, pero yo sonreí.

—Tú te lo mereces –le respondí con sus mismas palabras de muchos años atrás.

Estábamos a solas en su elegante oficina y él me escuchaba muy serio, sin su habitual sonrisa.

—No puedo prestarte tanto dinero —sus palabras eran recelosas —¿para qué necesitas tanto y con tal premura?

Dudé en revelarle mi secreto. Quizá si lo supiera comprendería la importancia y urgencia del pedido. Además, éramos amigos de la infancia.

—Me voy del país y necesito comprar un bote — dije de golpe.

—¿Te vas ilegalmente? —la expresión del rostro le cambió —Si te capturan te condenarán a tres años de cárcel. A ti y a tus cómplices.

—No me detendrán. Lo he planeado todo muy bien.

Sus dedos acariciaron un lapicero dorado.

—Te daré 500 pesos –susurraron sus labios —pero nadie debe saberlo. Me pueden pasar cosas muy malas si se enteran.

—No sé cómo agradecerte.

—Tú te lo mereces —su mano palmeó mi hombro. Cuídate.

Miré el mar.

A lo lejos el horizonte se había enturbiado y algo semejante a finas rayas grises, como una cortina, bajaba del cielo hasta la superficie del agua.

"Lluvia", pensé.

—Pronto tendremos agua —dijo el periodista que también escrutaba el horizonte —Quizá podamos recoger algo en las cantimploras. Ya nos queda muy poca.

—Rememos —le dije y, tomando los remos, él y yo hicimos avanzar la balsa en dirección al manto oscuro situado frente a nosotros y desde el cual comenzaba a llegar un vientecillo frío

—Quizá debamos regresar —dijo el sicólogo.

—No seas idiota. Eso no es más que un aguacero de media hora —afirmé categórico. El dolor se retorció en mi estómago y subió al pecho. Los cambios de tiempo y la tensión emocional lo fortalecían y a mí me debilitaban.

A media mañana aún no teníamos lluvia, pero todo se fue ensombreciendo, desde el cielo hasta nuestras caras. El vientecillo era ya una fuerte brisa que alzaba filosas olas, pequeñas aún, pero cortantes. Una de ellas golpeó al sicólogo y le hizo caer de espalda sobre la balsa. Cuando pudo ponerse de rodillas, el rostro empapado en agua, parecía a punto de llorar.

—Ojalá no sea mal tiempo —dijo.

—Esta no es época de mal tiempo —dije.

—En el mar puede suceder cualquier cosa —las palabras del sicólogo temblaban.

Una ola mayor que las anteriores se alzó sorpresivamente, cayendo en avalancha sobre nosotros. Tras ella, otras avanzaron amenazantes. Calculé que podrían tener entre dos y tres metros de altura. En ese momento, el cielo, hasta donde alcanzaba la vista, se hallaba cubierto de nubes bajas, oscuras y pesadas como búfalos. El viento era húmedo y fuerte.

—Sí, es mal tiempo —el nerviosismo dominaba al periodista cuyo aspecto de seguridad había desaparecido.

Por supuesto, era mal tiempo y para saberlo no se necesitaba ser un lobo de mar. Cualquier niño lo sabría.

—¿Quién coño fue el de la cabrona idea de este viaje en esta mierda de balsa? —gritó el periodista en un momento en que el mar se calmó.

Aquella era la pregunta de un tonto histérico. Todos sabíamos perfectamente que el plan de escapar en balsa era mío, pero yo no los obligué. Ellos estuvieron de acuerdo, en primer lugar el sicólogo a quien encontré, luego de muchos años sin vernos, en un policlínico cualquiera a donde acudí en busca de un calmante para mi enfermedad. El sicólogo preterido, quizá porque se emborrachaba por las noches, quizá porque no quiso ir a la guerra voluntariamente cuando se lo pidieron. El sicólogo que reanudó nuestra amistad y me condujo hasta los viejos amigos, tan venido a menos como yo; este, quizá por el artículo escrito inoportunamente, el otro por unas palabras infelices durante un juicio o por aceptar de un acusado dinero mal habido. Nunca lo supe exactamente ni me interesó. En cuanto a mí ya no era el preso, ni el barrendero, ni el sepulturero, sino un especulador mucho más acaudalado que ellos, capaz de proporcionarles las botellas de ron que, por las noches, bebíamos en casa del abogado mientras intercambiábamos opiniones y urdíamos planes.

—¿No pensaste que pudiera haber mal tiempo? — le grité al periodista—¿Creíste que todo te saldría bien?

No me pudo responder porque una ola de través hizo girar la balsa sobre sí misma y caímos, unos sobre otros, igual que árboles talados. Por un instante estuvimos hundidos, tragados por la gigantesca ola que nos halagaba hacia abajo, como si un ancla tirase de nosotros. Sin soltar el remo, sujeté fuertemente la malla de la balsa y aferré a Lucas. Él no debía ahogarse.

Cuando volvimos a la superficie el periodista no se hallaba en la balsa. El abogado y el sicólogo se abrazaban y yo mantenía firmemente al perro contra mi pecho. No pudimos decirnos nada ni preguntarnos por el periodista porque dos olas nos golpearon con ferocidad, como si estuvieran cobrando antiguos agravios. Semejante a un borracho que da traspiés, el sicólogo pasó junto a mí y extendió el brazo, quizá para que yo le sujetara. Yo agarraba a Lucas y sostenía el remo. No pude o no quise tenderle la mano al sicólogo. Él tampoco me la tendió en mis momentos de desgracia. Era un pésimo sicólogo que revelaba los secretos de sus pacientes, algo así como un sacerdote incapaz de callar lo conocido en confesión. No perdía mucho la ciencia con su desaparición.

Por un instante, las olas dejaron de mordernos y se retiraron, reorganizándose para un nuevo ataque. Aprisa aproveché la tregua y, tomando mi cinto, até fuertemente una de sus puntas a la malla de la balsa y la otra a mi muñeca. Enseguida me acosté con Lucas y el remo bajo el pecho, las manos clavadas, como garfios, en la malla. Si el mar quería llevarme tendría que tragarme con la embarcación, pero ella, yo lo sabía por las historias oídas, siempre flotaría.

El abogado hizo lo mismo. Era un hombre inteligente, capaz de adaptarse a cualquier situación e imitar lo que fuera provechoso.

No tuvimos tiempo para más porque un aluvión de agua cayó sobre nosotros, flagelándonos las espaldas. Enseguida la balsa se alzó de medio lado en el aire, como si alguien la empujara por el fondo, y se vino abajo, arrastrándonos entre las olas.

Resistí. Desde el primer momento mi decisión personal fue resistir y sobrevivir la tormenta, igual que había sobrevivido y soportado la cárcel, las humillaciones, los trabajos duros. Resistí a pesar de que muchos me consideraban un hombre débil.

Tan aprisa como vino, el mal tiempo se fue y el sol brilló, deslumbrándonos al reflejarse sobre las aguas mansas. La balsa se balanceaba suavemente y yo, después de zafar el cinturón, me tendí a lo largo con los brazos abiertos en cruz para que mi desgastado cuerpo descansara y la energía volviera a él. Quizá si alguien me hubiese visto desde el cielo me habría tomado por un Cristo crucificado. A mi lado Lucas se sacudía el agua y de su cuerpo saltaban, como pequeños dardos, luminosas gotas de agua. El abogado tosía y su tos me recordó el jadeo de un moribundo. Ahora éramos dos hombre y un perro, perdidos en la inmensidad del mar, sin agua y sin alimentos.

—¿Qué haremos? —dijo y, por primera vez, sentí la zozobra en su voz.

—Debiéramos guardar un minuto de silencio por los compañeros desaparecidos —dije muy serio.

—¿Estás loco? —preguntó, pero sólo las olas le respondieron con su rumor al chocar contra la embarcación.

Yo le miré de hito en hito y me reí. Me daba mucha gracia verlo allí, arrodillado, como si estuviera rezando, mientras me preguntaba qué haríamos. Se equivocaba al emplear el plural. La pregunta correcta era "¿qué harás? "Porque no íbamos a hacer. Yo haría.

Me puse de pie. Luego del descanso me sentí animoso otra vez. Él se veía muy débil.

—El norte debe de estar por allá. La tierra no puede hallarse lejos... —señaló un punto en el horizonte y se detuvo indeciso, como quien sabe que dice tonterías —podemos remar —asombrosamente conservaba la paleta remo. Yo tenía la otra —Con suerte podremos llegar a los cayos de la Florida o quizá un buque nos vea.

Sin responderle me senté y empuñé el remo. Él hizo lo mismo. Aunque tenía las manos despellejadas, remar era fácil por lo tranquilo del mar. El día era tan perfectamente bello como un esplendoroso arco iris. Un día así no hacía presagiar la muerte.

Respiré muy hondo para que en mis pulmones entraran todos los olores del mar. "Como cambia la fortuna", pensé, "apenas hora atrás nos ahogábamos y ahora respiramos tan tranquilos". Recordé una frase de Shakespeare "La vida no es más que una sombra que pasa".

—¿Te gusta la literatura? —le pregunté —Nunca has sabido mucho de literatura. De leyes y pillerías sí, pero de literatura no.

Él me miró asombrado. Probablemente habrá pensado que yo estaba loco. Perdidos en el mar, sin agua ni comida, y hablar de literatura. Quizá tuviera razón. Quizá el charlatán siquiatra le contó de mis crisis y de mis temores persecutorios.

—¿Por qué...? —comenzó a decir, pero le interrumpí.

—¿Nunca has leído a Edgar Allan Poe?

—¿Edgar Allan....? —no pudo o no supo pronunciar el apellido

—Poe —el sonido de mi remo al entrar en el agua era breve y dulce como el apellido del alucinado narrador norteamericano.

—Sí, claro que sí, en el bachillerato —mintió descaradamente. Habíamos estudiado juntos y nunca le vi con un libro de Poe. Además de canalla era un mentiroso.

—¿Qué sabes de "La barrica"?

—¡La barrica! ¿Qué barrica? —su remo se detuvo. Yo mantenía el mío sobre las piernas. La balsa iba a la deriva, impulsada por la corriente submarina que nos arrastraba hacia alguna parte, quizá de retorno a Cuba y a la cárcel, quizá a los Estados Unidos o, mucho más arriba, sin tocar tierra, hacia el norte, donde nos perderíamos para siempre en el mar. Todo dependía de la suerte.

—*La barrica del amontillado*. El célebre cuento de Poe —dije.

Una gaviota pasó volando sobre nuestras cabezas en un claro indicio de tierra. Un pájaro semejante debió ver Colón antes de llegar a San Salvador.

—Claro, *La barrica de amontillado* —mintió nuevamente, sin comprender a dónde yo quería ir.

—Entonces, recordarás la conocidísima exclamación de Fortunato dirigida a Montresors.

—¡¿Motreson?! Claro, Motreson

Su ignorancia era profunda e insultante.

—Motreson no, Montresors —dije y reí.

—Este no es el momento ni el lugar para juegos.

—Quizá sea un juego, quizá no —sonreí y moví la cabeza de abajo arriba como quien confirma algo -Y, por supuesto, no leíste "Las crónicas marcianas" del genial Brarbury. El episodio de Stendhal y Garret.

—No esas no —por primera vez fue sincero.

—Lo sabía, lo sabía.

—¿Qué quieres decir? ¿Qué pasa? —sus ojos me miraron inquietos y quizá no vieron el rapidísimo movimiento de mi mano al alzar el remo paleta y descargarlo violentamente contra su cabeza.

Se desplomó como una torre privada de su base y yo aproveché su inconsciencia para amarrarle las manos a la balsa con el cinto de él y el mío. Probablemente no fue necesario porque al despertar apenas se movió. La sangre le corría desde la oreja hasta el cuello. Junto a nosotros Lucas nos observaba en silencio.

—¿Qué es esto? —murmuró.

—La venganza —dije lentamente, disfrutando la palabra. Es una lástima que no hayas leído el cuento de Poe, pero yo te lo contaré en pocas palabras.

Él quiso incorporarse. No pudo por las manos atadas y por su propia debilidad. La sangre le continuaba manando.

—Un hombre, Fortunato, agravia a Montresors que jura vengarse en cuanto llegue la oportunidad. Mientras tanto no se da por ofendido y mantiene la más cordial relación con su ofensor. Al fin, un día, aprovechando el carnaval, lo invita a comprobar la existencia de un vino amontillado en sus bodegas subterráneas donde, luego de terminar de emborracharlo, lo empareda vivo. *Wonderful* —Como un payaso, salté sobre la balsa y después lo abracé.

Su mirada fue de incomprensión. Enseguida me comprendería.

—Yo no puedo tapiarte entre ladrillos, pero sí sepultarte en el mar.

—¿Te has vuelto loco? ¿Por qué me haces esto?

Otra vez la mentira. Conocía perfectamente mis motivos, pero yo se los recordé por si se les habían olvidado.

—¿No sabes? —dije sonriente —Alguien me denunció cuando quise huir por primera vez. Sólo tú, el sicólogo y el periodista conocían mi plan. Uno de ustedes tres me denunció. Fuiste tú. Lo comprendí durante los interrogatorios del oficial investigador. "Alguien le dio 500 pesos para ayudarle a huir", me dijo imprudentemente, "¿dónde metió ese dinero?"

—No, no —sus manos se agitaron sin mucha fuerza.

—Sólo tú y yo sabíamos de tal dinero —de nuevo la furia se apoderó de mí y con la bota le golpeé en la barriga. Él se quejó sordamente -Por ti estuve tres años preso y luego nadie quiso darme un trabajo decente. Por ti, perro sarnoso, viví muchos años como una cucaracha.

Otra gaviota pasó muy aprisa sobre nuestras cabezas y el cielo se ennegreció nuevamente, pero yo no presté atención. Ya no me importaba la posible proximidad de la tierra ni de la tormenta.

—Espera —dijo con voz sollozante —Tú solo no podrás remar. Sin mí no llegarás a tierra y continuarás perdido.

Me reí y le volví a pegar varias veces con la bota. Después le desaté las manos.

—Sabes, no me interesa mucho llegar a ninguna parte. Si llego está bien, pero si no llego no importa. Tengo un cáncer en el estómago y viviré muy poco tiempo, siempre comido por el dolor. Probablemente lo contraje por las malas comidas en la cárcel, los esfuerzos agotadores cortando caña o el contacto con la basura y los muertos. Ese cáncer me lo diste tú.

Los dedos de su mano se arrastraron hacia mis pies. Al parecer, no podía escucharme bien.

—Por el amor de Dios, espera —susurró.

Ah, había pronunciado la última frase de Fortunato dirigida a Montresors excepto la palabra final. Me sentí satisfecho y recompensado en mis esfuerzos y decidí ayudarle a terminarla.

— ¡Por el amor de Dios! — exclamé eufórico — por el amor de Dios, Montresors — concluí y sólo fue necesario un leve empujón para que su cuerpo cayera al mar.

Casi al final éramos un perro y un hombre en una balsa a la deriva. Un hombre que hablaba con un perro, bajo un cielo borrascoso.

Probablemente al final sería un perro en una balsa a punto de ser recogida por un guardacostas mientras a lo lejos volaba una gaviota.

Dinero para la Habana

Él llegó a la avenida Lázaro Cárdenas que, a esa hora, ocho de la noche, se hallaba desierta. Al anochecer el gentío desaparecía de la gigantesca Ciudad de México y las calles se hacían silenciosas con sólo unos pocos transeúntes de andar ligero y apresurado, deseosos de llegar pronto a donde quiera que fueran.

Le gustaban aquellas calles, anchas, limpias, de faroles cada cincuenta metros cuyas luces producían sombras alargadas sobre el pavimento. Luego de seis meses en el Distrito Federal, algunas le eran conocidas, pero otras seguían siendo misteriosas, enigmáticas, con sus mansiones de elevados muros que impedían el paso de la mirada. ¿Quienes vivían en ellas? Ricos, sin duda, pero ¿qué clase de ricos? A veces, un portón se abría fugazmente para dar paso a un lujoso auto de cristales oscuros e invisibles pasajeros. Después el portón se cerraba automáticamente y la casa volvía a esconderse tras la quietud de sus muros. A veces, cuando alguien presionaba en la verja de entrada el timbre de un oculto intercomunicador, una voz deformada chillaba "¿quién?". Sólo eso y enseguida el absoluto silencio en el interior.

Le gustaba soñar que algún día podría vivir en una vivienda así y poseer uno de aquellos autos. ¿Por qué no? Sólo sería necesario trabajar muy duro y un poco de suerte, quizá ayuda de alguien influyente. Entonces alquilaría un departamento en el exclusivo barrio de la Condesa. De tres piezas, agua fría y caliente a todas horas, elevador siempre funcionando. Nada parecido a su vieja casa en la cacareante y sucia Habana, de paredes agrietadas, agua cada tres días y elevador permanentemente roto.

El recuerdo de La Habana, donde estaban sus padres y su hermano, lo entristeció por un momento. ¿Cuándo los volvería a ver? Pronto, si la suerte lo seguía acompañando, se dijo y aspiró con fuerza el contaminado aire de la capital mexicana.

Y la suerte le estaba sonriendo Atrás quedaban los primeros y duros días de su llegada a México, sin trabajo, sin dinero, viviendo de favor, hoy en el cuarto de un cubano, tan pobre como él, y mañana en la casa de un bondadoso amigo mexicano de donde debía marcharse al mes porque la caridad tiene un límite y "ya sabes cubano, mi hija regresa el lunes", para terminar en el cuarto de otro cubano.

No, gracias a Dios, ya no era así, se dijo y aguardó el cambio de luz del semáforo en la avenida Baja California por la que los autos pasaban a toda velocidad, como meteoritos, para perderse en la oscuridad de la noche.

Estaba progresando. Ya hasta había engordado y nada recordaba en él al hombre esquelético, rostro de moribundo llegado de La Habana seis meses atrás con tres dólares en el bolsillo.

Aquellos tres dólares se habían convertido en los casi quinientos que obtenía al mes por los artículos para la revistilla de horror y basura en la que, a veces, le permitían colaborar, el trabajo en la editorial, las ocasionales traducciones del alemán para la empresa comercial distribuidora de literatura erótico pornográfica y las pocas clases de japonés al grupo de mexicanos interesados en convertirse en ninjas.

No era mucho dinero, pero le alcanzaba para pagar por un cuarto en la azotea de un viejo edificio. Un cuarto que era suyo y donde hacía lo que quería sin molestar a nadie y sin que nadie le molestase, tan pequeño como una caja de zapatos, sin cocina y con el servicio sanitario y el lavamanos afuera, sobre la azotea, compartidos con otras familias.

El ojo rojo del semáforo se hizo verde y él comenzó a cruzar la avenida al mismo tiempo que un hombre pequeño y forzudo, cuya cabeza le recordó la de un gorila, y una mujer de pronunciados senos y cabellos rubios.

Sí, todo era mucho mejor, pensó satisfecho mientras caminaba por la silenciosa avenida detrás de la mujer y delante del hombre con cabeza de gorila.

Ahora hacía tres comidas diarias, modestas, pero tres comidas al fin, con verduras, carne, pan, mantequilla, leche y, a veces, un helado.

Además, ya podía mandar todos los meses cincuenta dólares a sus padres, el dinero imprescindible para que no pasaran necesidades en la depauperada Habana. Allí estaban los dólares, en el bolsillo de su chaqueta, alegres, satisfechos, esperando para ser enviados con el amigo a quien vería esa noche.

Impulsivamente, sus dedos fueron al bolsillo y acariciaron los billetes que él sintió tibios.

Qué agradable satisfacción la del dinero, pensó. Saber que hoy estaba junto a su corazón y mañana en las manos de su madre que saltaría de alegría, diciendo "qué hijo tan bueno tengo".

Y en el bolsillo no sólo traía los alegres cincuenta dólares. Algo más quedaba para pequeñas satisfacciones, como tomar unas cervezas o comer tacos.

Precisamente, allí estaba la taquería, a pocos pasos de la avenida. Desde el mediodía no comía nada y hacia ella fue aprisa, deseoso de saborear uno de los platos de la cocina mexicana que más le gustaban, los tacos.

Al parecer, no era el único atraído por el deseo de comer porque la mujer con la que se cruzara en el semáforo también entró en el establecimiento.

Aquella era una pobre taquería con apenas cuatro o cinco mesas, un gastado mostrador y un viejo dependiente de rostro cansado y andar pausado que tomó la orden de la mujer y después se volvió hacia él.

—Cuatro tacos al pastor y una cerveza —ordenó y observó a la mujer.

Podía tener alrededor de treinta años y sus ojos, grandes, rasgados de color avellana, eran muy hermosos. Él la miró fijamente y sus miradas se encontraron, pero enseguida ella bajó la cabeza.

"Que ojos tan lindos. Quién pudiera besarlos", pensó y se sintió inquieto, como siempre, al encontrar a una mujer que le gustara mucho.

—Aquí tiene el señor, sus tacos y su cervecita —la voz del camarero era melosa, acariciante.

Sin prisa bebió la cerveza y comió los tacos, sintiendo en la boca el agradable sabor de la carne y la tortilla de maíz, sin nada de picante, unido al amargor de la cerveza.

En la mesa de enfrente la mujer terminó de comer, y se limpió los labios con una servilleta. Él volvió a mirarla con insistencia. Ella, mientras pagaba, le devolvió la mirada por un instante y una leve sonrisa se insinuó en sus labios.

"Me sonrió, me sonrió. Hoy es mi día de suerte", se dijo excitado y, dejando un taco en el plato, pidió la cuenta. Ya iba a salir cuando se detuvo. ¿Qué estaba haciendo? se preguntó. ¿Otro encuentro fortuito en la calle que quizá le trajera malas consecuencias? ¿No le era suficiente lo ocurrido con el travesti aquel?

Indeciso, miró al camarero que limpiaba las mesas. No siempre iba a tener tanta mala suerte. No todas las mujeres eran bandidas ni travesti. Pero aunque disponía de un poco más de dinero no era para estarlo tirando, dilapidándolo con mujeres, se dijo. El dinero, en especial el de La Habana, era sagrado.

Molesto, cabizbajo, salió de la taquería y caminó lentamente, detrás de la mujer. La calle, con excepción de ellos dos, estaba desierta.

De pronto, el hombre cabeza de gorila, con el que se cruzara en el semáforo, surgió de una oscuridad en la acera de enfrente y silbó suavemente.

Entonces, cuando la mujer se detuvo, a él se le crisparon los nervios.

Un asalto. Lo iban a asaltar. La mujer había entrado con él a la taquería para vigilarlo mientras su cómplice la aguardaba afuera.

¿Gritar? ¿Correr? ¿Hacerles frente?

Nada hizo y se mantuvo inmóvil, los puños cerrados, el cuerpo tenso, como si estuviese siendo golpeado.

La mujer retrocedió y el hombre fue al encuentro de ella. Conversaron un momento y volvieron a caminar calle adelante, abrazados. Poco después, llamaron un taxi y partieron.

Él respiró aliviado "Tuve suerte ", se dijo y apresuró el paso. Unos metros más allá se hallaba la desierta parada del ómnibus que le llevaría a casa del cubano con quien enviaría el dinero para La Habana.

¿Qué habría hecho si en realidad hubiese sido asaltado?, pensó al llegar a la parada. A lo lejos, por la gran avenida, ya parpadeaban las luces del ómnibus.

—La lana, güey —la voz, seca, dura, lo golpeó por la espalda.

Cuando se volvió vio a un joven, casi un niño, pequeño, delgado, de brazos muy cortos, que le amenazaba con un cuchillo.

De momento no reaccionó. Después, quizás por nerviosismo, extendió los brazos con los puños cerrados.

—La lana, jijo de la chinga —gritó el cuchillo y fue hacia él.

El ómnibus ya estaba a menos de veinte metros y sus dos grandes reflectores iluminaron la acera.

Ah, no, el dinero para La Habana no.

Su brazo se elevó y contuvo en el aire el brazo del cuchillo mientras el pie golpeaba entre las piernas.

—Maricón.

El ómnibus llegó y varios pasajeros descendieron, pero él no los pudo ver bien.

Por un momento, el cuchillo se detuvo indeciso y enseguida retrocedió con su dueño que corrió hacia las sombras.

Nervioso, agitado, él se pasó la mano por la cara y después subió al ómnibus.

En el brazo izquierdo, la manga de su saco estaba rasgada, pero el cuchillo no había llegado a la carne.

—Buenas noches —dijo el chófer con mucha cortesía.

—Buenas noches.

—¿Se encuentra bien?

—Sí, gracias —respondió y luego de pagar fue hacia el final del ómnibus casi vacío. En los asientos delanteros dos mujeres conversaban y un viejo dormitaba.

Un poco más atrás, un hombre corpulento miraba con indiferencia hacia la calle. Él se sentó, palpó el dinero en el bolsillo de la chaqueta y también miró hacia la calle. Afuera todo estaba tranquilo y silencioso con unos pocos automóviles que cruzaban a alta velocidad. Entonces el chófer cerró las puertas y el ómnibus avanzó suavemente a través de la gran avenida.

Por una bicicleta

En la niñez las bicicletas le fueron extrañas. A diferencia de otros niños nunca ansió el azotar del viento durante el descenso por una empinada cuesta o el placer del pedaleo en loca carrera.

Aquellas emociones no le interesaron, quizá por ser demasiado enfermizo, quizá porque en su primera experiencia con la bicicleta, impuesta por el padre, cayó a tierra y al levantarse la nariz le sangraba y la pierna se le había quebrado, como una débil rama.

Desde entonces, la lectura, los discos y la televisión se convirtieron en sus mejores acompañantes. Las bicicletas y sus fuertes sensaciones quedaron para sus compañeritos a quienes no envidió, al contrario, compadeció por estar expuestos a sorpresivos e imprevisibles peligros.

De adulto no tuvo necesidad de ellas. En una urbe de modernos autos, puntuales ómnibus y eficientes teléfonos, el vehículo de dos ruedas era algo tan lejano y obsoleto como el caballo para el piloto de un avión. Era, simplemente, un pasatiempo de niños y jóvenes. Además, ¿quién se atrevería a recorrer en ella los veinte kilómetros que separaban su casa del trabajo? ¿Quizá un deportista de musculosas pantorrillas, brazos de hierro y pulmones como fuelles. No él, hombre sedentario de magras piernas y pronunciado abdomen.

No las necesitó hasta aquel año 1990. Él jamás supuso que fuera posible, pero lo fue. Los volcanes comenzaron a humear y a expulsar, oleada tras oleada, ríos de lava y piedra, los vientos hundieron todos los barcos y los muros se resquebrajaron como cáscaras de huevo. Sentado en la apacibilidad de su hogar, frente a un viejo televisor, él supo de tales prodigios que, sin embargo, no destruyeron su propio mundo.

No lo destruyeron, pero sí lo resquebrajaron y, de repente, los alimentos escasearon más que nunca, la electricidad disminuyó hasta dejar a zonas enteras en tinieblas y el transporte público, siempre calamitoso, se transformó en una verdadera pesadilla. En ella, un hombre maduro, sedentario, aguardaba una, dos, tres horas, en la espera de un ómnibus al que, cuando llegaba, sólo se podía entrar entre empujones, forcejeos e insultos. En cuanto a los taxis eran o muy caros o se debía poseer la fuerza y habilidad de un pirata inglés, armado de daga, espada y arcabuz para abordarlos.

"Dios, no puede ser", se dijo una noche en su dormitorio, luego de una caminata de quince kilómetros mientras se masajeaba los aturdidos pies, poblados de nuevos callos.

"No puede ser", se repitió cuando el espejo de la cómoda le devolvió su imagen, apergaminada, esquelética, perdidos diez kilogramos de masa corporal a causa de la poca alimentación y los interminables viajes a pie de ida y vuelta al trabajo.

Pero sí podía ser y la siguiente mañana, comprobada la ausencia absoluta de transporte público y privado, recorrió nuevamente, bajo un sol metálico, el camino al trabajo al cual llegó desfallecido, con tres horas de retraso.

Llegó tarde, pero a tiempo de conocer que, en el futuro, se les daría bicicletas a los mejores trabajadores. Con ellas, algo de esfuerzo físico y mucha abnegación se superarían las dificultades hasta la llegada de tiempos mejores, dijo el hombre que hizo el anuncio de la futura entrega. Y a él le pareció que el hombre, al hablar, le miraba con dureza, convocándole al esfuerzo y la abnegación, quizá pensando que él no era, exactamente, un buen trabajador.

Ese día, mientras regresaba a pie de la oficina, meditó sobre su situación y las bicicletas. Decenas de ellas iban por las calles, abriéndose paso, como gansos, trepando y descendiendo, dueñas y señoras de los caminos. Al igual que tropas de ocupación, habían tomado La Habana.

Apesadumbrado, consultó el reloj y suspiró. Cuando llegara a la casa ya se habría acabado el pan en la panadería y por las cañerías no correría una gota de agua. También habría comenzado el corte de electricidad y no podría de disfrutar de su apacible hora de lectura entre siete y ocho.

"Si yo tuviera una", se dijo, interesado por primera vez en las bicicletas, "volvería a casa en quince minutos".

Sí, a pesar de su evidente incapacidad física, él sería capaz de vencer el esfuerzo del pedaleo, los calambres musculares, el ahogo del calor. Si otros recorrían sesenta y hasta ochenta kilómetros diarios ¿por qué él no lograría hacer cuarenta?

Podía ser sencillo: pedalear despacio, evitar los esfuerzos sofocantes, buscar las sombras protectoras de los árboles, y, por supuesto, no regresar de noche.

Desde entonces, el deseo de obtener una bicicleta se convirtió en obsesión, exacerbada, día a día, por las inevitables caminatas o la espera del ómnibus y posterior traslado en él, como una red al matadero o un judío a la cámara de gas. A veces, ómnibus y caminata coincidían al romperse el vehículo público a mitad del trayecto y concluir los adoloridos pies el resto del camino.

Pero obtener una bicicleta no era sencillo. Dos posibilidades tenía, comprarla en el mercado negro o recibirla en el centro de trabajo. Dura disyuntiva. En el mercado una bicicleta vieja costaba lo que un hombre como él ganaba en seis meses. Además, podía ser una de las tantas robadas en la calle. En el trabajo se entregaban a precios módicos, pero a los mejores trabajadores y él estaba muy lejos de ser uno de ellos. Serlo significaba un duro sacrificio.

Él no deseaba ser excepcional, ejemplar ni sobresaliente. Simplemente, quería trabajar, leer y ver televisión. Nada más. Hasta al cine había renunciado por las distancias y la peligrosidad de la noche.

Otros quince días de caminatas y esperas lo decidieron. Se convertiría en trabajador modelo, recibiría una bicicleta y después que Dios decidiera. Entonces comenzó un laborioso proceso de transformación. Se levantaba de madrugada, a las cuatro en punto, para poder tomar un ómnibus entre las cinco y las siete. Si el vehículo no llegaba hacía el recorrido a pie, lenta muy lentamente, con pausas de descanso. Así logró llegar a la oficina siempre antes de las ocho. Luego, al final de la jornada, se marchaba media hora después de los demás y a su casa llegaba casi a las diez.

Se las arregló para vivir sin pan, sin leer y bañarse con el agua recogida en un cubo o no bañarse. Asistió a todas las asambleas y reuniones, a todos los trabajos agrícolas convocados por el sindicato, a todos los actos y mítines políticos, a todas las movilizaciones militares para la defensa del país, a todas las reuniones de estudios, a todas las guardias nocturnas para custodiar el centro de trabajo. A todo dijo sí y, además, sonrió, a su jefe, a los dirigentes sindicales, a sus compañeros.

El esfuerzo fue brutal. Quedó desbaratado, más delgado aún que antes. Cuánto sacrificio, se dijo, y todo por una bicicleta.

Los hechos se desarrollaron según lo previsto. En una gran reunión se anunció que se repartirían más bicicletas.

"Ellas, algo de esfuerzo físico y mucha dedicación nos permitirán vencer las dificultades hasta llegar a tiempos mejores", repitió el mismo hombre de la vez anterior, un gordo rozagante y mofletudo que le miró con simpatía mientras hablaba.

Quedó claro que él era un esforzado, un sobre cumplidor. A media voz, alguien se atrevió a murmurar que, apenas unos meses atrás, él se encontraba entre los apáticos y retrasados. Aquella voz pronto fue silenciada, "porque los hombres tienen el derecho a cambiar, a ser mejores y esforzados", afirmó el gordo mofletudo.

La bicicleta fue suya. Un hermoso ejemplar color rojo, niquelado, poderoso, capaz de recorrer en pocos minutos los kilómetros que le separaban del trabajo. El dinero pagado por ella una ridiculez en comparación con el exigido por los bandidos del mercado negro.

El primer mes resultó agotador, con calambres en las piernas, ahogos, flojera en los brazos, subida de la tensión arterial. Luego, cuando el cuerpo comenzó a endurecerse, el viaje se hizo menos violento y los treinta minutos de los recorridos iniciales se redujeron a veinticinco. Un poco más de entrenamiento y llegaría a los quince minutos imprescindibles para regresar temprano a la casa.

Al comenzar el invierno, con sus rápidos anochece-
res y las calles oscuras y solitarias, él ya lograba tiempos
de veinte minutos y su cuerpo soportaba mejor el castigo de la marcha.

Pronto podría volver a sus duchas, a su ración de
pan casi fresco, a sus programas favoritos de la televisión. Todo por aquella maravillosa bicicleta, se dijo y
sus dedos acariciaron con placer el timón, los pies apre-
taron amorosamente los pedales. Sin duda alguna, era
bella y él la había embellecido aún más al limpiarla cada
día, pulirla, colocarle dos espejos retrovisores y otros
adornos que la transformaban en una verdadera joya.

Pensando en su extraordinaria bicicleta, él llegó, al
oscurecer, al tramo final de su recorrido de vuelta a la
casa. Sólo tres cuadras de calles desiertas y silenciosas
lo separaban de ella. Primero, dos cuadras en línea rec-
ta, después doblar a la izquierda y enseguida una larga
calle en cuyas aceras crecían frondosos y viejos árboles.
Contra uno de ellos había ido a chocar, de niño, en su
primera experiencia con la bicicleta.

"Ya estoy en casa", se dijo alegre y pedaleo con más
fuerza, la vista al frente.

Quizá por mirar adelante no vio al hombre escon-
dido tras un árbol ni la cuerda amarrada al tronco de
otro en la acera de enfrente. La cuerda tendida a ras del
suelo. Él impulsó la bicicleta al máximo y justo en ese
momento el hombre alzó la cuerda.

Al igual que en su niñez, fue a dar contra el árbol y
cayó por tierra, la nariz ensangrentada, el brazo adolorido. Aturdido, intentó incorporarse y revisar su bicicleta.
Entonces sí pudo ver bien al hombre.

El hombre armado de un pesado hierro que le golpeó varias veces en la cabeza.

Y todo por una bicicleta.

Caperucita

Nunca más aceptaría una situación así, me dije, tiré la puerta y salí a la calle.

Francamente, las cosas no me habían podido ir peor. Nadie solicitaba mis traducciones, las clases de japonés concluyeron cuando los alumnos, admiradores de la cultura japonesa, fueron sorpresivamente detenidos, acusados de escalar cuatro pisos de un edificio y penetrar en un departamento ajeno. Al parecer, la influencia ninja en ellos había sido muy fuerte. Tan mal me fue que ni siquiera había podido enviar el dinero para La Habana. Para colmo, el gordo Pantoja, director de *Hechos horripilantes*, rechazó mi último escrito porque los invasores extraterrestres, descritos por mí, procedentes del planeta Kurka no comían carne de niños.

—Los kurkanos vienes en busca de hierro con el cual se alimentan. Por eso nos han invadido —objeté.

—Comen hierro, pero también deben comer corazones infantiles, chorreantes de sangre —el gordo se llevó la mano a la boca, como si estuviera devorando un corazón —Eso le da impacto al asunto y la revista se venderá más. Tu artículo no sirve, es demasiado literario y flojo.

—Pero.

—Nada. Tus trabajos deben ser bien sangrientos. Ven el lunes a las once con el artículo corregido. Órale.

Pensando en los hombres cocodrilos de Kurka y maldiciendo al gordo, abandoné la redacción y en la próxima esquina me detuve ante una taquería. Tenía hambre, mucha hambre, pero el dinero sólo me alcanzaba para tres tacos, tres míseros y endebles tacos al pastor.

Lentamente mastiqué los tacos, sin chile, por supuesto. El picante me destrozaba los intestinos y profundizaba la úlcera que viajaba conmigo desde Cuba. Mientras comía reflexioné sobre mi dura situación.

"Quizás debiera irme para el planeta Kurka", pensé y mordí el último taco, "pero, seguramente, los hombres cocodrilos me comerían".

Descorazonado, triste, fui a la casa de mi gran amigo Jaime.

Como siempre, me recibió, alegre, sonriente y me invitó a mezcal con jugo de toronja, su bebida favorita.

—El problema tuyo aquí —dijo y tomó un gran trago —es que no tienes una compañera que te ayude y aconseje.

Bebí un sorbo del mezcal que me supo a orine y probablemente profundizó mi úlcera dos centímetros más.

—Debes de tener a una mujer como la mía.

Recordé a Rosalina, la compañera mexicana de Jaime, administradora de "Hechos horripilantes", medio bizca, de piernas como alfileres y enamoradísima de mi amigo.

—No sé —dije.

—Yo voy a resolver tu problema —Jaime bebió un cuarto trago.

—¿Cómo?

—Déjalo en mis manos. Rosalina tiene una prima soltera, lindísima, a quien le encantan los cubanos. El domingo preparo una comida aquí y te la presento. Ya verás.

No pregunté si la prima era linda como Rosalina y tragué otro sorbo del mezcal que ya no me supo tan mal. Asombrosamente la úlcera no protestó y comencé a sentirme bien.

—No tengo dinero ni para invitarla a unos tacos.

—Je, je —rio Jaime —de los tacos se encarga ella y del resto yo. Tú solamente ven el domingo.

El domingo, a las ocho, llegué puntual al apartamento que Jaime alquilaba en aquel barrio, donde lo mismo podían asaltarte a medianoche que acuchillarte a mediodía al doblar de la esquina.

—Miren, miren, quién ha llegado —Jaime me abrazó con cariño —Pasa, pasa, por aquí que quiero presentarte a alguien muy especial.

En el sofá de la sala estaba sentada una mujer de mediana estatura y cabello largo que se puso de pie cuando Jaime me llevó hacia ella.

—Esta es —dijo Jaime y bebió un gran trago -la mexicana más linda, más rica, más sabrosa de todo México, claro, después de Rosalina.

—Ay, Jaime, tú siempre tan galanteador —dijo ella con voz algo ronca, pero no desagradable — No le preste atención.

—Y este es el cubano más duro de todos los cubanos, el Superman, el león de la Metro y de La Habana, especialista en japonés, alemán y hasta sánscrito —otro trago entró en la boca de Jaime.

—Mucho gusto —dije y la miré bien. Llevaba tres toneladas de maquillaje y no era bella, pero tampoco fea. Sus piernas sin ser opulentas no eran de alambre. Y sus senos, grandes, redondos, estallaban dentro de una apretada blusa blanca. Pero lo más importante era que en sus ojos había un extraño brillo y su boca pulposa, lujuriosa, buscaba miles de besos y mordiscos.

—Mucho gusto, Ángeles —dijo y me tendió una tibia mano, pequeña y regordeta, que yo estreché sin dejar de mirarle la boca que me gritaba "muérdeme".

—Aquí tienen —dijo Jaime y nos ofreció sendos vasos con su habitual mezcal y jugo de toronja.

—No, para mí un Cubalibre —Ángeles sonrió. Tenía unos dientes muy blancos, anchos y parejos.

—Eso va a ser muy difícil que se te pueda dar en mucho tiempo —a Jaime le gustaban las bromas tontas.

—Entonces vodka ¿Tienes vodka? —por un momento la voz de Ángeles fue dura, impersonal.

—*Of course*, tengo al ruso metido en el refrigerador.

—Con jugo de tomate.

Por lo visto, los gustos andaban un poco desarreglados allí. Mezcal con toronja y vodka con jugo de tomate.

Jaime regresó al momento con una copa en cuyo interior el rojo jugo de tomate parecía sangre.

—Una mezcla rara —dije y la miré a los ojos.

—Me gustan las cosas raras y bien extrañas —ella me devolvió la mirada. Por aquella mirada supe que yo le gustaba.

—¿Cómo cuáles? —un sorbo de mezcal acarició mis dientes, bajó por la garganta e inundó mi úlcera.

—Caperucita comiéndose al lobo, con mucho chile —Ángeles bebió y el jugo de tomate enrojeció aún más sus labios.

—A la mesa. La cena está lista —llamó Rosalina desde el comedor.

Rosalina podía ser bizca y fea, pero era una excelente cocinera y la comida estaba exquisita. Mi insaciable hambre yo la calmaba en su casa y aquella noche el lobo comió como nunca para tres días. No sabía que pronto Caperucita se lo comería a él bien mojado en chile habanero, el más picante de todos los chiles.

Comimos, bebimos, bailamos, muy apretados Ángeles y yo, y a las doce de la noche una botella de mezcal y otra de vodka habían pasado a nuestros estómagos, sobre todo al de Jaime. Mi úlcera se mantuvo silenciosa y yo me sentí bien, como nunca. Tirado sobre un sofá, mi amigo roncaba y Rosalina trataba de despertarlo, besándole el cuello. Entonces Ángeles me tomó de la mano.

—Vámonos —dijo.

—¿Adónde?

—Por ahí, a cualquier parte. ¿No te apetece?

Claro que quería y sin despedirnos nos fuimos.

Frente al edificio de Jaime estaba estacionado el lujoso auto de Ángeles.

Ella me abrió la puerta y al ir a entrar yo nuestros cuerpos estuvieron muy cerca uno del otro. No pude contenerme y la abracé. Ella se abalanzó sobre mí y con furor me besó en la boca. Con furor me empujó en el asiento delantero y con furor hicimos el amor, allí mismo, entre el timón y la palanca de las velocidades, mis pies saliendo por la ventanilla

Al finalizar de mi boca escapó un largo "ah".

—Cubano sabroso —dijo y me besó en la oreja. Después puso el auto en marcha.

—¿A dónde te apetece ir? —preguntó.

¿Cómo qué a dónde ir? A dormir por supuesto. Entre las tensiones del día, la bebida de Jaime y hacer el amor con una palanca de hierro clavada en los riñones, yo no daba más y me caía de sueño.

—No sé ¿A dónde quieres?

—¿No deseas repetir?

—¿Repetir? —de golpe me enderecé en el asiento.

—No sé tú, pero yo me quedé con las ganas a la mitad —una sonrisita escapó de los labios de Ángeles —es que todavía me cargo mucho chile por dentro y quiero dártelo. Entonces ¿a tu casa o a la mía? ¿Dónde vives?

—Por la Condesa, pero comparto el apartamento con otro cubano y seguramente lo despertaríamos —mentí ¿Cómo decirle que vivía en un cuarto de azotea?

—Órale, entonces a la mía —Ángeles aceleró el auto que corrió a toda velocidad por las desiertas calles de la ciudad.

Su casa se encontraba muy al sur, por Tlalpan, a casi media hora de camino y yo me dormí en el trayecto. Cuando desperté me hallaba frente a una hermosa residencia de dos plantas.

—Es aquí — dijo y sonrió. —Ésta es tu casa.

Adentro olía a flores e incienso y cuando ella encendió la luz vi muchos jarrones con rosas y crisantemos. Desde una esquina, un incensario dejaba escapar pequeñas volutas de humo.

—No puedo vivir sin las flores —dijo al ver mi mirada de sorpresa ante tantos jarrones—. Ellas y la música son las dos cosas que más aprecio en la vida. Y, por supuesto, el amor —los grandes ojos de Ángeles me miraron con picardía-. ¿Un whisky?

—Sí, gracias —respondí tontamente. En realidad, mi úlcera comenzaba a gritar dentro del estómago.

Ella fue a la cocina y yo eché un vistazo a la sala. En el centro una mesa redonda de caoba, un sofá, varias butacas, un gran librero de madera fina donde había libros en alemán, francés, inglés. Tomé uno al azar. Eran las obras escogidas de Goethe en alemán.

—Aquí está su güisquisito, caballero —Ángeles me tendió una ancha copa dentro de la cual la bebida refulgía.

— *Sprechen sie deutsch?* —pregunté en tono burlón

—*Natürralich. Ich spreche deutsch*, Mi padre fue diplomático y de niña viví en Berlín. También *je parle francais, speak english* e *parlo italiano*. Me gustan las lenguas, sobre todo las vivas, pero eso no es lo que más me interesa ahora —dijo y bebió un largo trago de whisky. Enseguida comenzó a desnudarse lentamente, muy lentamente, besando cada pieza que se quitaba y arrojándomela. Primero la blusa, después la saya, el sostén.

Sus senos eran grandes, duros, macizos, rematados en unas corolas sonrosadas en medio de las cuales se erguían dos imponentes botones oscuros.

La sangre corrió bulliciosa por mi cuerpo, la temperatura se elevó, mi lanza de combate se alzó, mis ojos se agrandaron. De repente, una mujer como Ángeles estaba haciendo para mí un maravilloso *strip tease*.

Ella conservaba puestos un mínimo pantaloncito rojo, unas medias transparentes y unos zapatos rojos. No pude soportar tranquilo aquella visión y enloquecido la embestí, enfierado le besé los senos, de un zarpazo le arranque el pantaloncito, rasgué las medias. Ella me devolvió los besos con no menos violencia y enloquecida me desvistió. Entonces me arrastró hacia el suelo y junto a la mesa continuamos nuestro combate.

—Órale, órale, chingao, clávala ya — ordenó y me mordió el pecho.

La clavé y clavada estuvo, gimiendo, chillando, hasta que lanzó un grito y me hundió las uñas en la espalda. Yo también grité, pero no tanto por el placer, como por el dolor de sus uñas en mi cuerpo. Después dejé escapar un entrecortado ah, ah y me derrumbé a su lado.

En el suelo estuvimos largo rato, boca arriba, uno al lado del otro, sin tocarnos, ella, la respiración agitada, la vista fija en el techo, yo adolorido por las uñas, la palanca de velocidad del auto y las patas de la mesa que, a veces en el delirio del encuentro, chocaba contra mi espalda.

—Uy, qué cubano, qué cubano —dijo y volvió a besarme el cuello y las orejas mientras sus dedos me acariciaban suavemente desde el pecho a las entrepiernas. Hacia allí fue su boca y yo sentí la deliciosa humedad de su lengua que, lenta, muy lentamente, me succionaba y tragaba.

Cerré los ojos y dejé que continuara con sus juegos linguales hasta que la lava ardiente recorrió mi cuerpo. No sé de dónde saqué fuerzas, pero la alcé en peso y fui a llevarla hacia la cama.

—No, a la cama no — chilló —vamos a la mesa, arriba de la mesa.

Sobre la mesa de caoba pulida la puse. Enseguida subí yo. Como el espacio no era muy largo, mis piernas quedaron en el aire, pero, de alguna manera, logré acomodarme encima de ella. Por lo visto, le gustaba hacer el amor en lugares incómodos.

—Vamos, vamos —me urgió y me volvió a morder.

No sé cuánto tiempo estuvimos sobre aquella mesa que, por lo dura, más bien parecía mesa de tortura. En algún momento, sin saber cómo, ella se volteó y yo quedé con la cabeza colgando.

—Así, así, órale —gritó, montada a caballo arriba de mí.

Finalmente, los dos lanzamos, al unísono, el estruendoso "ah, ah, ah" y nos quedamos inmóviles como estatuas.

Cuando descendí de la mesa me dolían los riñones, la espalda y el cuello. Ángeles, sin embargo, parecía como si acabara de despertarse y tomar un baño. Contoneándose, fue a la cocina y yo miré mi reloj. Eran las cuatro de la madrugada. Al momento regresó con una botella de tequila y una cajita de madera en las manos.

—Mi amor, nada como un tequilita para la segunda parte de la fiesta —dijo zalamera.

Segunda parte de la fiesta. ¿Qué era aquello? ¿El maratón del sexo?, pensé y mi úlcera chilló desesperada.

—Un tequilita y algo mejor todavía —sin prisa abrió la cajita y me mostró su interior.

Mariguana. Su olor era inconfundible. La conocí en el bachillerato cuando, unas pocas veces, la fumé en fiestas de estudiantes. Entonces me excitó, me hizo volar y sentirme poderoso, duro. Pero esa noche lo único que yo quería era irme a dormir.

Ángeles tomó dos cigarrillos, los encendió, me dio uno y el humo del suyo lo aspiró fuertemente para que entrara bien adentro en sus pulmones.

—¿Qué, el niño nunca ha probado esto? —dijo burlona al ver mi indecisión —Es para hombrecitos.

¿Qué estaba diciendo aquella mujer? Yo era un duro, un cubano duro, criado en el duro barrio de Párraga, con duros negros de largos y duros cuchillos y no permitiría que nadie dudase de mi dureza.

Con fuerza tragué todo el humo que corrió por la lengua, la garganta, la tráquea y fue a parar a los pulmones que, rebelándose, intentaron toser. No se los permití y tragué un poco de tequila y enseguida mucho más humo penetró en mi cuerpo.

Ángeles fumaba ansiosa, como si quisiera devorar al cigarrillo. Dos nuevos cigarrillos fueron encendidos y fumados con toda rapidez. Al terminar el segundo, Ángeles comenzó a restregar sus nalgas contra mi sexo.

Ah, qué era aquello, qué era aquello, chico, qué bien, qué bien todo, pero dónde estaba yo. La cabeza comenzó a darme vueltas y yo intenté detenerla, pero no pude. El piso se alejaba de mí.

Volviéndose, Ángeles me besó en el pecho y después intentó llevarme nuevamente hacia la mesa. No pude llegar a ella. Di dos pasos y me desplomé, inconsciente.

Cuando desperté estaba acostado en el sofá de la sala, el sol entraba a borbotones a través del cristal de una ventana y la cabeza se me partía de dolor, como si alguien me estuviera aplicando corriente eléctrica. Y lo peor era que la corriente iba hasta la úlcera o quizás salía de la úlcera e iba hasta la cabeza. La espalda la tenía adolorida, desde el cuello a los riñones, igual que si me hubiesen golpeado con un palo. Extraño despertar después de una noche de amor.

Dos largas campanadas se dejaron escuchar desde un reloj de pared colgado en un rincón de la sala. Consulté mi propio reloj y consternado vi que eran las dos de la tarde. Ya no podría acudir a la cita de las once con Pantoja, ya en ese número no se publicaría mi artículo reformado sobre los invasores kurkanos, hambrientos devoradores de corazones y cerebros infantiles, ya no cobraría los 300 pesos que me pagaban por él. Mal me las iba a ver en las próximas semanas.

Disgustado me levanté y vestí. Sobre la mesa había una nota, escrita, con letra pequeña y hermosa que decía "Amor, amor. Qué extraordinario fue todo. Eres una maravilla. Te aguardo esta noche a las once para cenar y luego proseguir nuestros juegos. En la cocina hay comida, toma lo que desees, estás en tu casa".

Tanto me dolía la cabeza que yo, siempre hambriento, sólo pude beber medio vaso de leche. Al salir a la calle las nubes cubrían el cielo. Pronto comenzaría a llover. Casi corriendo me dirigí al metro.

A Jaime lo encontré bebiendo, como siempre, y sonriente.

—Picarón —me dijo mientras me abrazaba —ya sé que todo te fue muy bien.

Yo lo miré intrigado.

—Ya sabes —Jaime bajó la voz y su mirada fue hacia Rosalina que trajinaba en la cocina —las mujeres hablan entre sí y luego le cuentan a los hombres. Ella está muy satisfecha. Dice que eres un portento —Jaime alzó su vaso como si brindara y rio — El cubano de oro.

No quise comentarle nada ni hablar de lo pasado en la noche ni de mi terrible dolor de cabeza.

—No pude entregarle mi artículo a Pantoja —dije para cambiar la conversación.

—No te preocupes por Pantoja. Ella ya te consiguió algo —Jaime no la llamaba Ángeles, sino simplemente ella, como si estuviera diciendo su Majestad —Eso sí me lo dijo a mí.

—¿Qué te dijo?

Ángeles tenía un tío, propietario de una gran taquería en un lugar céntrico de la ciudad. Por la mañana ella, su Majestad, le había telefoneado y el tío le había respondido que yo podía trabajar con él.

—¿En una taquería? ¿Estás loco? De tacos sólo sé comérmelos.

Jaime bebió y sonrió.

—Eso se aprende enseguida. Lo importante es que vas a ganar muy buen billete, sobre todo en propinas. El tío dijo que te presentarás hoy mismo por la tarde. Si Pantoja no te publica, si no traduces y no das clases ¿de qué vas a vivir y qué dinero mandarás para La Habana? —la voz de Jaime era solemne -. Mi socio, agarra ahora en los tacos y ya verás, mañana será otro día.

Cuando lo deseaba, mi amigo podía ser aplastante y convincente.

Yo, periodista, traductor, profesor, sería taquero.

A las cuatro en punto estaba frente al tío de Ángeles.

Redondo y fuerte, como un tonel de cedro, y con una cabeza sin un solo pelo, toda afeitada, me recordó a un sanguinario pirata malayo de las tiras cómicas de mi niñez.

—Me dice Ángeles que usted está dispuesto a trabajar duro —el pirata hablaba apenas sin despegar los labios.

Yo no había dicho nada, ni siquiera comenté con ella que estuviera en busca de trabajo. Sin embargo, no quise contradecir al pirata y me limité a mover la cabeza.

—Muy bien. ¿Ya puede comenzar? —la voz no permitía negativas. Volví a mover la cabeza.

—Bien, aquí tiene —el pirata me tendió un delantal blanco —su turno será hasta las diez de la noche. El salario es el usual, pero no se preocupe que siempre le daré algo más.

Así, de buenas a primeras, me vi convertido en dependiente de una taquería en un barrio céntrico de Ciudad México.

Al concluir mi primer día de trabajo yo era un burro apaleado, obligado a subir la cima de una altísima montaña. Me dolían las piernas, la cintura, los hombros. Todo me dolía, pero en el bolsillo tenía una buena cantidad de pesos, mucho más de lo que ganaría con Pantoja. La jornada de trabajo había sido larga y las propinas jugosas.

Ya iba a marcharme cuando el pirata malayo, me alcanzó un teléfono celular. Era Ángeles y me decía que no olvidara ir inmediatamente para su casa. Allí había una sorpresa para mí.

Pantalones, camisa, zapatos nuevos, comprados en el Palacio de Hierro, estaban sobre el sofá de la sala.

—No resistí la tentación de regalarte estas cositas —la mano de Ángeles se detuvo en mi hombro, sobre mi camisa vieja y descolorida, y su rostro se acercó al mío.

—Gracias, muy lindas —dije y no pude reprimir un bostezo.

¿No vas a probártelas? —preguntó y sin dejarme responder comenzó a desabrocharme la camisa. Después, cuando ya la camisa se hallaba en el suelo, pasó a los pantalones que hizo descender mientras me besaba la barriga y el ombligo donde su lengua penetró con delectación, como si fuera un suave pincel. En el ombligo estuvo un buen tiempo, sus manos en mis nalgas, apretándolas cada vez con más fuerza, yo, de pie, con los pantalones caídos a la altura de los zapatos.

—Ay, ay —exclamó y sacó la lengua del ombligo.

Yo aproveché para terminar de quitarme los pantalones y tomar la camisa nueva.

—Después, después —murmuró y me quitó los calzoncillos.

Quedé desnudo, pero con los zapatos y las medias puestas. Siempre he dicho que un hombre desnudo, con medias y zapatos, es algo muy ridículo, igual que un espantapájaros, sobre todo si su miembro viril se alza en el aire como una espada.

Pero, al parecer, Ángeles no me veía ridículo, sino muy apetitoso porque comenzó a mordisquearme los muslos y después mi cañón y sus dos balas.

—Ay, ay —exclamaba entre mordisco y mordisco.

Yo estaba muerto de cansancio, pero aquellas embestidas me hicieron renacer. Furioso, le arranqué la ropa y cuando estuvo desnuda la alcé en los brazos para llevarla a la cama. Apenas dar dos pasos, mis piernas trastabillaron y fuimos a parar al suelo, yo la cabeza contra el sofá, ella sobre mí, a caballo.

—Aquí, aquí, en el piso —ordenó.

—No, en la cama —dije con voz casi suplicante.

Sin responderme, se acuclilló sobre mis piernas y comenzó a cabalgarme con rapidez de arriba abajo, de abajo arriba.

Tres horas después, con breves pausas para que yo me recuperara, me había cabalgado en el piso, en una butaca, en la mesa y nuevamente en el piso. Por lo visto, aquella mujer adoraba las posiciones incómodas.

Tres largas campanadas se dejaron oír en el reloj de pared cuando, finalmente, adoloridos los huesos, me quedé dormido en el sofá de la sala. Momentos antes, Ángeles, desnuda y contoneándose se había ido a la cama del cuarto.

—Tú en el sofá y yo en la cama. Si nos acostamos juntos quizá nos vuelva a entrar la tentación y no podremos descansar. Mañana es un día duro —dijo y me dio la espalda.

Dormido en el estrecho y duro sofá extraños sueños me asaltaron toda la noche entre ellos uno en el que era perseguido por alguien invisible que trataba de estrangularme al cruzar yo un oscuro callejón. Desperté sobresaltado, empapado en sudor en medio de las sombras. El tac tac del reloj de pared llegó hasta mí.

"Ha sido sólo un sueño", me dije y volví a dormir.

—Arriba, arriba. Son las siete —Ángeles me tiraba de un brazo y yo abrí los ojos. —Levántate que viene la señora de la limpieza —vamos, muévete ya.

Se veía fresca y rozagante, como si no se hubiese acostado a las tres de la madrugada. Yo, en cambio, no valía un centavo. Desayunamos y enseguida salimos a la calle.

—Te quiero aquí a las once luego que termines con el tío. ¿No es buenísima persona? No te demores —dijo al dejarme en la puerta del metro y me dio un gran beso en la boca.

Sin hacer ningún comentario sobre el pirata malayo y sus continúas órdenes para que yo trabajara más rápido me volví, bajé las escaleras del metro y fui a mi cuarto de azotea. Urgentemente necesitaba dormir unas cuantas horas más y luego reflexionar con calma sobre el giro que había dado mi vida.

Dormí como un niño agotado y desperté con la potente voz de mi vecina de azotea, la señora Panchita, que llamaba a gritos a su sobrino. Soñoliento miré el reloj cuyas manecillas marcaban las dos y treinta. "Dios, cómo pude dormir tanto", me grité y corrí a vestirme. Luego volví a correr al bajar los cinco pisos de mi azotea y por la calle y en el metro. Pero, por mucho que corrí, el reloj marcaba las tres y quince cuando llegué a la taquería.

—Llega Ud. con quince minutos de retraso. Qué jamás vuelva a suceder —rugió el pirata malayo, como si estuviera ordenando cortarle la cabeza a un prisionero, mientras su mano me apuntaba igual que una pistola. Enseguida me tendió el delantal blanco y se fue murmurando sobre los haraganes que querían ganar dinero sin trabajar.

A las diez, cuando terminé, yo habría atendido, compulsado por la voz siniestra e imperiosa del pirata, a unos 90 comensales y las manos me temblaban por tantas bandejas cargadas. "Órale, atienda aquella mesa. Órale, aquella otra. Ándele, más rápido", ordenaba el tío.

Lentamente salí de la taquería, diciéndome que, al menos, las propinas habían sido jugosas. Pronto podría recomenzar los envíos de dinero a la Habana y, quizá, hasta dejar de vivir en el cuarto de azotea.

Tan cansado estaba que no tuve fuerzas para viajar en un ómnibus y luego en metro. Decidí gastar un poco de dinero y tomar un taxi.

—¿Adónde, señor? —preguntó el taxista

Por un instante dudé en la respuesta. Bostecé y di la dirección de mi cuarto de azotea. Ángeles me esperaría en vano.

Al siguiente día, a las tres de la tarde en punto, me encontraba en mi puesto de trabajo listo para despachar todos los tacos habidos y por haber. El pirata malayo se me acercó con su celular en la mano.

—Ángeles quiere hablar con Ud. No demore mucho —dijo y me tendió el teléfono —hable y corra a atender aquellas mesas. Órale...

La voz de mi amiga era dura como un látigo ¿Cómo la había dejado esperando con la cena ya preparada? Eso no podía ser. Qué jamás se repitiera.

—Hoy te espero y no se te ocurra faltar, me oyes, no te atrevas a no venir —las palabras llegaban cortantes como un cuchillo y rápidas como ráfagas de ametralladora.

¿Pero qué era aquello? Quise decir algo, responderle como se debía, pero el seco clic del teléfono me paralizó.

Tuve otra agotante noche, casi sin propinas, y al terminar el viejo pirata me miró feo.

—No olvide que mi sobrina le aguarda. Ella tiene muy mal humor cuando se le hace esperar —dijo y me guiñó su único ojo sano. ¿Sería alcahuete además de pirata?

Aprisa me dirigí a casa de Ángeles. La mesa estaba servida cuando llegué y ella vestía un ropón transparente que dejaba ver su hermoso cuerpo.

—Nunca debes llegar más tarde que a las diez y treinta —sus palabras me recordaron a su tío, el pirata malayo —a esa hora cenamos y después... —al igual que el tío me guiño un ojo —Mira lo que he preparado para ti.

En la mesa estaban varias cacerolas que fue destapando con mano de experto chef internacional. En una había un mole poblano, en otra pozole, en la tercera una cochinita pibil. En medio de la mesa estaba una oscura botella de vino y dos copas que ella llenó.

—A tu salud, amor —dijo y me envió un beso con la mano —porque nos queramos y porque siempre te portes bien.

Bebimos y las copas se llenaron nuevamente.

—¿Qué te parece la comida? ¿No se ve exquisita? La cociné especialmente para ti. ¿En Cuba no comen mole? ¿Y pozole? Bueno, pobrecitos, ustedes en Cuba no comen nada, por eso están tan muertos de hambre, escuincles y flacuchos, como lobos en invierno, ¿cómo pueden los cubanos vivir así?

Yo la miré muy seriamente, pero, al parecer, ella no notó mi mirada.

—No sabes lo difícil que es hacer un buen mole. Primero hay que tomar el...—la voz de Ángeles era el piar de un pollito —Permíteme que te sirva.

A mí, en realidad, el pozole, el mole poblano y la cochinita pibil me eran tan indiferentes como una zanahoria a un gato y podían irse a la basura. Lo que yo hubiese querido era arroz, frijoles negros, carne de puerco, plátanos fritos. Por educación, no dije nada y tomé el primer bocado.

—¿Delicioso, verdad? —Ángeles me acarició la mano.

Una bola de fuego recorrió mi boca, me abrasó la lengua, los dientes, las encías.

—Coño —exclamé y sentí que me asfixiaba. Deje de comer.

—Je, je —rio Ángeles —está un poco picante. Come, te gustará.

—Perdona, pero me hace daño.

—Come, come, tienes que acostumbrarte —la voz de Ángeles era dominante.

Poco a poco, como quien tiene que vérselas con una serpiente venenosa, fui comiendo pequeños bocados, acompañados de mucha cerveza fría que Ángeles trajo del refrigerador. En mi estómago la úlcera chillaba igual que un gato acorralado.

Apenas terminar de cenar, ella se acercó mimosa.

—Mira lo que te he comprado —dijo y me enseñó un espléndido reloj

Seiko —¿Te gusta?

Claro que me gustaba. El mío era un feo y antiquísimo modelo soviético fabricado a garrotazos en la época de las cavernas rusas.

—No quiero que parezcas un cubano muerto de hambre —dijo y comenzó a desabrocharme los pantalones.

—No soy un muerto de hambre. Soy un traductor profesor en busca de trabajo.

—Claro, y lo has encontrado en una taquería.

Esa noche, por suerte, la convencí de que fuéramos a la cama y no a la mesa o al piso. Allí, luego de la sesión de mordidas y arañazos acostumbrados me tomó una mano y la amarró con un pañuelo de seda que ató al respaldar de la cama.

—¿Qué haces? —dije sorprendido.

—Juguemos al lobo y la Caperucita.

—¿El lobo y la Caperucita?

—Tú eres el lobo y yo la Caperucita que te va a comer —dijo y quiso atarme la otra mano.

Me moví inquieto. De ninguna manera permitiría que me atara. Quizás el próximo paso sería intentar asfixiarme para que yo tuviera un orgasmo más violento.

Por lo visto, demasiadas películas de sexo había visto Ángeles.

—No me gusta ese juego —dije muy serio.

—Te gustará —Por la fuerza, intentó apoderarse de mi otra mano y atarla.

Le di un violento empujón que la hizo caer al suelo fuera de la cama.

Desde el suelo, Ángeles me miró sorprendida primero y después con furor.

—Imbécil —gritó —¿qué te has creído? Imbécil muerto de hambre.

De un tirón me zafé la mano atada. ¿Qué hacía yo allí? Me puse de pie y enseguida me vestí.

Ella comenzó a sollozar y a tocarse el brazo izquierdo, al parecer golpeado en la caída.

No dije nada, salí del cuarto y caminé hacia la puerta de la calle. Antes de salir dejé el hermoso reloj en la mesa de sala.

Cerré la puerta y salí a la calle. Nunca más volvería a aceptar una situación así. Afuera todo estaba oscuro y silencioso. Sin mirar hacia atrás avancé aprisa.

No regresaría tampoco a la taquería. Por la tarde trataría de convencer al gordo Pantoja para que aceptara mi artículo reformado en el que los hombres del planeta Kurka se comían los corazones sangrantes de las mujeres dominantes y enloquecidas.

Amor a los cincuenta

No dudé. Era Lourdes. Allí estaba, bella como siempre, con sus ojos verdes agua marina, sus cabellos rubios. ¿Cuántos años habían pasado desde nuestro último encuentro? ¿Veinte, veinticinco, treinta?

De repente, me sentí emocionado. Tan emocionado como el día en que la conocí en casa de Dolores (¿o fue en la Universidad en la cafetería de la Escuela de Derecho?) Yo tendría veinticinco años y ella veinte y desde el primer momento me dije que esa era la mujer a la que amaría siempre y con la cual me casaría. Lo primero se cumplió, lo segundo no. La vida, implacable, dura, no me dio ambas cosas. Siempre la amé. Nunca me casé con ella.

¿Dónde estuvo todos aquellos años en que dejamos de vernos, cuando el destino nos condujo por caminos diferentes? Después de terminar nuestra relación, se casó con un reconocido ingeniero español que trabajaba en Cuba de quien se divorció para casarse con un alto funcionario. Luego la perdí de vista y mis últimas noticias (¿dadas por Dolores?) eran que se había marchado a España.

Pero nada de eso pensé cuando la vi parada en la cola de una guagua, mientras yo cruzaba en mi bicicleta. En realidad, fue el destino quien nos reunió nuevamente porque ese cinco de julio de 1995 yo no debí pasar por aquella calle en la que los gritos de la multitud que luchaba por subir a un ómnibus me hicieron volver la cabeza. Lourdes también volvía la cabeza y al verme me sonrió, quizás tan sorprendida como yo.

La muchedumbre, ansiosa, irritada, se agitó junto al ómnibus y avanzó. Ella, dejando pasar a otras personas, me esperó. El próximo ómnibus llegaría en treinta minutos o en tres horas. Al parecer, no me había olvidado y deseaba verme.

Se veía un poco más gruesa y su piel no guardaba la frescura de la juventud. Unas ligerísimas arrugas le surcaban el rostro a partir de los ojos, y la comisura de los labios, apretados, hacia abajo, revelaba tristeza. Era natural, ¿quién no había sufrido lo suyo en los últimos años?

Vestida con un viejo pantalón azul oscuro y una blusa amarilla nada hacía recordar en ella a la elegante joven del inicio de los años sesenta, la hija de los aristocráticos Letelier Gabaldá, dueños de la exclusiva "Casa francesa".

¿Por qué se quedó en Cuba cuando los Letelier abandonaron el país?, le pregunté una noche de confidencias.

El amor, respondió y suspiró, el amor. Al marcharse sus padres ella amaba intensamente a Robert, el intrépido combatiente, muerto fuera del país, poco después, en un enfrentamiento con el enemigo.

¿Amó así al alto funcionario, al ingeniero? No lo sé, pero a quien nunca amó fue a mí.

Estaría mal vestida y más vieja, pero yo la encontré más atractiva que nunca. Indudablemente, el fuego del amor no se había extinguido en mi corazón.

Y allí estábamos, sonrientes, uno frente al otro, luego de tantos años, sin saber qué decirnos, deseosos de saber qué habíamos hecho y qué hacíamos.

Poco le podía contar. Por inercia terminé la universidad, me dieron trabajo en un ministerio cualquiera, desde el cual me mandaron a una provincia cualquiera donde viví varios años. Luego, en premio a mi buen comportamiento o para deshacerse de mí, me enviaron a trabajar a un país cualquiera, donde viví otros años, y del que regresé al ministerio cualquiera, al igual que todos, gordo como nunc3a, blanco como una sábana por la falta de sol, con un automóvil nuevo y un poco más viejo.

Ahora, próximo a los sesenta, era viejo; el auto, roto para siempre, fue sustituido por una bicicleta china en la que pedaleaba treinta kilómetros diarios, gracias a lo cual estaba más flaco que nunca y mi piel se había carbonizado. Además, me faltaban tres muelas y muchos pelos en la cabeza.

Nada interesante para recordar y que, por supuesto, no recordaría. Diría que mi vida era excepcional, llena de satisfacciones (importantes responsabilidades en el trabajo, vida en el extranjero, un auto nuevo). Sin embargo, el cuerpo esquelético, los ojos hundidos, la vieja bicicleta no me acompañarían en la mentira.

—¿Te casaste? —preguntó sin darme tiempo a mentir y en sus ojos me pareció ver un gesto de coquetería.

—Sí, y también me divorcié muchos años atrás.

—¿Con Dolores?

—Con Dolores.

—Siempre supe que la amabas.

"No, tú no supiste. A quien siempre amé fue a ti.", quise decir, pero me contuve. "Me casé con la tonta e insulsa de Dolores por despecho, por buscar a alguien en quien recordarte", pensé con tristeza y miré a lo lejos.

Dos ómnibus, furiosos rinocerontes, trepidantes, envueltos en humo, se acercaban a toda velocidad. La multitud fluyó y refluyó como la marea. Ante la visión de los ómnibus Lourdes se puso tensa, pero ninguno de los dos era el que aguardaba.

—¿Entonces no tienes compañera? —preguntó, dejando de mirar a los ómnibus —¿Ni hijos?

—Ninguna de las dos cosas ¿Y tú?

—¿Yo?

—¿Estás casada?

—No.

Sin parar, un ómnibus cruzó a toda prisa por la calle. Otro se detuvo a unos veinte metros y el gentío pugnó para subir. El chofer tenía unas grandes patillas y sonreía.

—Nunca más vi a Dolores. Ni a ti —dijo ella, mirando hacia el ómnibus que ya cerraba sus puertas.

—Dejamos de vernos —dije y pensé en la causa de nuestra separación. Habían pasado tantos años que no valía la pena recordarlo.

Por un momento nos mantuvimos callados.

La multitud refluyó y se reorganizó la cola de la guagua. Nosotros quedamos al final.

—¿Ustedes son los últimos? —nos preguntó una anciana.

—Sí, señora.

Tras la anciana llegaron varias personas corriendo.

—¿Quién es el último? ¿El último? —gritaban.

Escudriñé la fila. Ya habría unas cuarenta personas, no menos de veinte por delante de nosotros.

—Nunca voy a llegar a casa —dijo.

—¿Sigues viviendo en el Vedado? Si quieres te puedo llevar.

Ella miró mi vieja bicicleta y después a mí.

—No será una carroza, pero en media hora estarás en la casa. Es camino de la mía.

—Bueno —dijo con tono resignado y sonrió —En cosas más peligrosas he montado.

Partimos. Yo delante, ella detrás a caballo, las manos en mi cintura para mantener el equilibrio. Qué agradable sentir la suave presión de sus dedos sobre mi cuerpo, su respiración sobre mi espalda.

Tomamos por el Malecón y al llegar a la calle G mi corazón saltaba descontrolado, agotado por el esfuerzo de pedalear tres kilómetros con una carga extra. Por un momento creí que me ahogaba, pero, haciendo un esfuerzo, continué la marcha. ¿Qué hubiera pensado ella? ¿Qué yo era un viejo, incapaz de llevar en su bicicleta a una mujer?

—Ya estamos llegando —dijo cuando yo estaba a punto de desmayarme. —¿Te acuerdas de la casa?

Claro que me acordaba. Tantos atardeceres pasados allí, conversando de literatura, de pintura, amándola en silencio. Siempre fui (sigo siéndolo) un tímido, incapaz de confesar mi amor. Pero, si lo hubiese hecho, ¿me habría aceptado? Por supuesto que no.

—Bueno, aquí me quedo —dijo cuando detuve la bicicleta frente a la puerta de la casa. Treinta años atrás había sido una hermosa residencia, pero ya estaba deteriorada, con los techos del portal agrietados, las paredes despintadas y las maderas de las ventanas carcomidas.

—Me alegro mucho de haberte encontrado —dijo, tendiéndome la mano. Era tibia y suave y yo la retuve entre la mía por un instante.

Ella sonrió.

—Bueno, debo irme ¿por qué no vienes uno de estos días a tomar té conmigo? Ahora tomo té y pastelitos *at five o'clock*, como los ingleses. Otra cosa no te puedo brindar —su hermosa sonrisa, la de siempre, resplandeció y yo sentí recompensado mi enorme esfuerzo físico.

Por supuesto que iría. Cómo dejar de ir si, después de treinta años, continuaba siendo la mujer de mis sueños.

—¿El jueves?

—El jueves —sus ojos coquetearon con los míos. Después, al despedirnos, me dio un dulce beso en la mejilla.

Estuve a punto de desplomarme, pero no de agotamiento sino de emoción y felicidad. Sería posible que todavía yo despertase la coquetería de una mujer. Y no de cualquiera mujer, sino de una en particular, Ella.

Casi levitando, tomé la bicicleta y me deslicé suavemente por la calle. Unos metros más allá miré hacia atrás para verla otra vez. Aún estaba en la puerta de la casa y me dijo adiós con la mano mientras me sonreía. Yo agité la mano.

—Cuidado —gritó alguien.

—Imbécil —gritó el chofer de un auto que dio un rápido giro a la izquierda.

Al volver la cabeza para despedirme, había sacado la bicicleta de su senda y me puse en el camino de un auto que, por suerte, no me atropelló.

Sin responderle al colérico chofer enderecé el rumbo y proseguí mi camino. Qué importancia podía tener aquel pequeño incidente comparado con la enorme felicidad de haberla encontrado y de poder volver a verla en pocos días.

El jueves, desde temprano, lo preparé todo. Engrasé la bicicleta, limpié los zapatos, saqué la mejor ropa y, como había agua en la ducha, me bañé temprano. Después, sonriente, silbando una vieja canción de mi época de estudiante, partí.

—Hola —dijo Lourdes y me besó en la mejilla —me alegro de que hayas venido. Ven —tomándome de la mano me condujo al comedor.

Adentro todo olía a viejo y a tristeza, como si la casa se sintiese adolorida del mal estado en que la mantenían, rajado el tapiz de los muebles, roto el cristal de una ventana, desconchado el techo de la sala. Sin embargo, la mesa del comedor se veía alegre y arreglada con un mantel nuevo, hermosas tazas, doradas cucharitas, platicos de porcelana y hasta una tetera plateada, probables restos de mejores épocas.

—Siéntate, siéntate, estás en tu casa —dijo y tomó la tetera y vertió agua caliente en las tazas, junto a los cuales, sobre los platicos, había bolsitas del té. Después trajo una bandeja con pastelitos. Comí uno y lo encontré delicioso. El té también era excelente.

—Muy rico —dije y mordí otro pastelito mientras bebía más té.

—Estos son de guayaba, pero, a veces, hay de coco. Cada día hago cincuenta y los vendo a la gente del barrio. En estos tiempos hay que hacer algo para poder vivir —dijo y sonrió con tristeza —A media mañana ya los he vendido todos. Claro, hoy es especial y dejé estos para nosotros.

—Hace años que no tomo un té así. Es como el que hacía mi abuela —dije.

—Me lo manda mi hija Marielita desde la India.

—¿La India?

—Se casó con un hindú y se fue con él para allá. Hace ya cinco años —ella suspiró.

Callamos y bebimos.

—¿Y tus otros hijos?

—Horacio vive en Nueva Zelanda y Ovidio en Washington.

—¿Cómo están?

—Oh, de lo mejor. ¿Más té? —sus manos fueron hacia la tetera.

—Bueno, un poco más.

El té salió lentamente de la tetera hacia mi tasa. Era oscuro y olía muy bien. Yo recordé un poema que mi abuela gustaba de recitar en momentos así "bebe el té, solitario caballero, falto de amor y dinero". Yo también era un solitario caballero sin dinero y sin el amor de nadie.

—¿Y a ti cómo te va?

—No me quejo —bebí otro sorbo de té.

—¿Qué haces?

La taza quedó a medio camino hacia mis labios. Por fin la pregunta inevitable había surgido. ¿De qué vivía un honrado y honorable profesional como yo?

¿Para qué ocultárselo?

—Ayudo a un hombre que arregla colchones. Además, vendo pollos y carnes que consigo por ahí. De eso vivo.

—Bueno, yo de vender pasteles.

El té llegó a mis labios y lo sentí frío.

—¿Y no tuviste hijos?

—No.

Del exterior llegaron gritos y malas palabras de personas que peleaban. Lourdes fue hasta la ventana y, cerrándola, cortó los gritos.

—Estos vecinos nuevos son espantosos. Ya la policía ha tenido que venir dos veces —en su tono de voz hubo irritación.

No dije nada. Mis vecinos eran peores y hasta me habían agredido, pero no valía la pena recordar cosas así en un instante tan agradable. "Corre caballero, corre ligero, por el mundo y sin dinero", proseguía mi abuela y nunca supe el final de aquel poema. Era bella y dulce mi abuela. Tan bella y dulce como Lourdes.

—¿Más pastelitos?

—No, no, gracias.

—Sí, sí, prueba estos que son los de coco —levantándose, fue a la cocina y trajo otra bandeja con pastelitos.

Estaban deliciosos, mucho más que los de guayaba y comí varios. Al final de la tarde después de los excelentes pasteles, el estupendo té, pero, sobre todo, la conversación y compañía de Lourdes, yo me sentía maravillosamente bien.

—Bueno, debo irme —dije y miré el reloj. En realidad, me sobraba el tiempo y con gusto me hubiese quedado toda la noche allí, pero no era correcto. Probablemente ella tendría cosas que hacer, quizás, al acercarse la hora de la comida, no tendría nada para brindarme.

—Ha sido una tarde agradable —dijo ella al despedirse y me besó en la mejilla — ¿Cuándo vuelves?

—El jueves.

—No dejes de venir. Tenemos mucho de qué hablar.

Comencé a visitarla los jueves y también los fines de semana. Tomábamos té, conversábamos, a veces salíamos a pasear. Por primera vez en mucho tiempo me sentí feliz.

Una noche regresábamos, caminando, del cine. La temperatura era agradable y las calles estaban casi desiertas y silenciosas. Comentábamos la película cuando un gato negro, grande, peludo, cruzó por delante de nosotros. Lourdes se detuvo.

—No me gusta. Nunca me ha gustado —dijo.

—Es sólo un gato.

—Traen mala suerte.

—¿Crees en eso? —me sorprendí que una mujer como ella pudiera creer en tales supersticiones.

—No sé. Dos veces me han pasado cosas muy malas después de ver un gato negro.

Ella se pegó a mí y yo la tomé de la mano.

—Es sólo un gato. No tiene importancia. Todo va a irte bien —dije y le tomé la otra mano. Estábamos uno frente al otro.

Desde la oscuridad llegaron los maullidos del gato, probablemente en celo. Sin pensarlo, la atraje hacia mí y la besé en la boca. Ella no se resistió y me devolvió el beso, el más dulce, el más hermoso de toda mi vida, el que aún recuerdo.

Una y otra vez nos volvimos a besar, con furor y prisa, como si la vida se nos acabara y no tuviéramos tiempo para otros besos. Qué importaba que nos halláramos en medio de la calle y nos miraran.

El amor es algo esplendoroso, como para no ocultar, mi amor de toda la vida por Lourdes. Qué todos lo vieran y lo supieran. Un hombre de casi sesenta años besando, en público, a una mujer de la misma edad.

Con suavidad, ella se separó. A la incierta luz de la luna se veía más hermosa que nunca.

—Caminemos —dijo.

Caminamos cogidos de la mano, su cabeza sobre mi hombro. Ah, qué hermosa era la vida.

Aquella noche al regresar a mi casa, después de dejar a Lourdes en la suya, los diez kilómetros de recorrido en bicicleta me parecieron un paseo triunfal. Aprisa avanzaba, impulsado por el viento, como si tuviera alas en las piernas. "Corre caballero, corre ligero". En realidad, donde tenía alas era en el corazón que, en ese instante, volaba hacia ella.

Desde entonces fui a su casa casi todas las tardes después de terminar mi trabajo. Comencé a comer con ella. A veces, llevaba yo la comida (algo de carne, una flauta de pan), a veces, la ponía Lourdes. Luego nos quedábamos viendo la televisión, conversando o jugando cartas.

Algunas noches dormíamos juntos y entonces era el sexo (maravilloso, extraordinario, el sexo del amor, del placer) hasta la madrugada, algo inimaginable en un hombre de mi edad, mal alimentado y agotado por el esfuerzo de pedalear en una ruinosa bicicleta kilómetros y kilómetros. En realidad, no era yo. Era ella, el estímulo de su aún hermoso cuerpo desnudo, su capacidad para entregarse y darme placer.

—Te quiero mucho —le dije una noche en la cama Habíamos hecho el amor y estábamos tomados de la mano. En la calle llovía con fuerza y las gotas de agua golpeaban contra las ventanas, tratando de entrar en la casa.

—Y yo a ti —sus grandes ojos verdes aguamarina me miraron de frente.

—Casémonos —dije de pronto.

Ella apretó mi mano sin responderme. Sus dedos estaban tibios y yo trayéndolos hacia mí, los besé lentamente.

—Los dos estamos solos.

—No sé —había nerviosismo en su voz —no sé...

—Podemos ayudarnos mutuamente y...

—Tengo miedo...

—¿Miedo ?... ¿A qué?

Desde la sala llegó el sonido de una ventana que se abría y cerraba, al parecer empujada por el viento.

—No sé... a todo... a que ocurra algo inesperado, a que las cosas salgan mal y todo se acabe. No es la primera vez que me sucede.

—Nada tiene que salir mal. Si estamos juntos todo nos irá bien.

El batir de la ventana se hizo más fuerte. Echándose una toalla sobre los hombros, Lourdes se levantó y fue hacia la sala. Al regresar se sentó en la cama y se tomó las piernas con los brazos. Así, acuclillada, me pareció una niña, una pequeña niña indefensa. Suavemente la atraje hacia mí y ella me abrazó.

—Tengo miedo de cosas nuevas porque me puedo acostumbrar a ellas y luego perderlas Tantas cosas he perdido en la vida —su voz era un susurro —tantas —ella se apretó aún más contra mí y le acaricié el cabello.

—Yo, Lourdes Letelier Gabaldá, la hija del renombrado doctor Letelier y de la ilustre Concha Gabaldá, viviendo de vender pasteles. Para no creerlo. Por suerte mis padres no están vivos para verlo —un sollozo cortó sus palabras.

Yo la abracé muy fuerte y pensé en mí, arreglando colchones.

—Todo eso es cuestión del pasado. Si nos casamos todavía podemos ser felices.

—No sé, no sé...

Esa noche nos dormimos muy tarde, ella fuertemente apretada contra mi pecho, yo pensando en mi vida y en la de ella.

En los siguientes días no volví a hablar de matrimonio y continuamos nuestra vida de siempre.

Quizá Lourdes tuviera razón, pensé ¿para qué necesitábamos casarnos, firmar papeles y todo eso? Ella era feliz así y yo, por primera vez en muchos años, me sentía lleno de alegría, esperanza y vigor.

¿Qué importaban los extenuantes viajes en bicicleta, la monotonía y el tedio de cada día, lo abrumador y absurdo de mis actividades, si la tenía a ella aunque no estuviéramos casados legalmente?

Un mínimo de dinero para no morir de hambre, tranquilidad y amor, ¿qué más, a los cincuenta años, se le puede pedir a la vida para ser feliz?, me dije. Se acercaba la fecha de mi cumpleaños. Sesenta largos y duros años. Lourdes no me dijo nada, pero yo sabía que me preparaba una sorpresa.

Aquella semana llegaron muchos colchones y terminé muy tarde en el trabajo. Abrir, amarrar muelles, rellenar y cerrar un colchón es tarea dura que requiere tiempo y al anochecer estaba agotado, deseoso, sobre todo, de dormir. Apenas pude visitar a Lourdes.

El día antes de mi cumpleaños, un viernes, ella me llamó por teléfono.

-.Tengo algo muy importante que enseñarte — dijo y sentí alegría e incertidumbre en su voz. —

—¿Qué?

—Estoy en un teléfono público. Ven mañana — — dijo y en su voz había también una cierta urgencia. Seguramente me había comprado un hermoso regalo.

Me levanté muy temprano, alegre, como nunca, deseoso de ver la sorpresa de Lourdes. ¿Qué sería? ¿Una camisa? ¿Un par de zapatos nuevos? Los míos estaban en mal estado.´ "Necesitas otros", me había dicho. Quizá fuera un gran *cake*, con velitas y todo, porque ella conocía de mi debilidad por los dulces. Parado frente al *cake*, soplaría con fuerza hasta que las sesenta diminutas velitas, semejantes a pequeñas estrellas, se fueran apagando.

Muchos encargos de colchones por arreglar había y aunque era el día de mi cumpleaños debí trabajar. A las cinco, bañado, con mi mejor ropa y una botella de vino casero que, con un poco de buena voluntad, podía ser considerado bueno, llegué a su casa.

Ella me abrió la puerta y en su rostro vi tristeza. ¿Qué sucedía? ¿Por qué no me felicitaba?

—Algo importante sucedió ayer —dijo sin reparar en mi botella de vino.

—¡¿Qué?!

—Mira —dijo y me enseñó un sobre. Era cuadrado y de su interior ella extrajo una carta y me la dio.

Con rapidez comencé a leer. En un papel muy blanco con membrete de la Oficina de Intereses de los Estados Unidos en Cuba estaba escrito el nombre de ella y enseguida "Felicidades Ud. ha sido seleccionada para participar en el Programa Especial para la Inmigración Cubana (sorteo). El Gobierno de los Estados Unidos...

—Me gané la lotería de los americanos —dijo de golpe.

De pronto me olvidé del vino y de mi cumpleaños. De momento no supe qué decir.

—Nunca me dijiste que mandaste tu solicitud —dije finalmente.

—La mandé hace dos años y lo tenía olvidado. Nunca pensé que pudiera ganar.

En breve ella recibiría una visa para viajar y vivir en los Estados Unidos. Eso quería decir que...

—¿No es maravilloso? —dijo y sus palabras me sonaron falsas.

El desconcierto y la tristeza me invadieron.

—¿Y nosotros? Sabes que el sorteo sólo te da derecho a viajar tu sola –dije y probablemente mi rostro se ensombreció.

Lourdes me abrazó con fuerza, su cabeza junto a mi cabeza.

—No puedo perder esta oportunidad, no puedo— susurró —Mis hijos están allá. Ya he pedido visa dos veces y siempre me la han negado. Esta es mi última oportunidad. Aquí me voy a morir, vendiendo pasteles, en esta casa que se cae a pedazos — sus palabras terminaron en un largo sollozo.

Yo también hubiese querido llorar, pero me contuve.

—Claro, claro — dije y sentí una profunda tristeza y rabia. Tristeza porque todas mis ilusiones, todos mis sueños se derrumbaban. Rabia contra la suerte, contra Lourdes. Rabia por no haber hablado antes con ella sobre un tema como la posibilidad de que se reuniera con sus hijos. Qué ingenuo, qué tonto había sido. Treinta años atrás, se había separado de mí, ahora lo volvería a hacer.

Mi cuerpo se endureció y con suavidad la aparté.

Lourdes dejó de sollozar y me miró a los ojos.

—Pero quizás podemos arreglarlo todo — dijo.

No entendí. ¿Qué quería decir "arreglarlo todo"? Pronto ella se iría y yo me quedaría con mi soledad y tristeza. Eso era lo único claro para mí.

—Casémonos. Me caso contigo y declaro que lo hice inmediatamente después de haber enviado al sorteo, mucho antes de haber recibido la notificación de haberlo ganado. En ese caso, sí tengo derecho a llevarme a mi marido conmigo.

En mi cerebro una voz dijo sí, pero, enseguida, otra dijo no es posible. Pestañeé y me rasqué la cabeza.

—¿Casarnos? ¿Quién se lo va a creer?

—En la Embajada americana. He oído que mucha gente lo hace.

Una mosca voló a mi alrededor y se me posó en el brazo.

—Podemos obtener unos papeles arreglados que digan que nos casamos hace dos años — ella sonrió.

—Es muy peligroso. Si te descubren en la Embajada te negarán la entrada a los Estados Unidos.

Lourdes me tomó de las manos y sus grandes ojos verde aguamarina miraron directamente a los míos

—Por ti corro ese riesgo —había firmeza en su voz y dulzura en sus ojos.

Me amaba, me amaba verdaderamente. Qué dicha. Y yo, apenas unos minutos atrás, creí que no me quería. Hubiese querido saltar de felicidad, gritar, pero sólo la abracé con fuerza. Así, abrazados, estuvimos unos segundos, en silencio. Después la besé tiernamente en la mejilla.

—Nos iremos juntos. Tú verás, nos iremos —dijo.

Me senté y me pasé la mano por la frente. La mosca volvió a posarse en mi brazo y de un manotazo la espanté.

¿Qué haría yo, un hombre cercano a los sesenta años, casi descalificado profesionalmente y con problemas de salud, en los Estados Unidos? ¿Dónde trabajaría? ¿Dónde viviría? ¿En verdad quería irme?

Lourdes esperaba por mis palabras.

Corre caballero, corre ligero, por el mundo y sin dinero.

Qué importaba que no tuviera dinero, que casi llegara a los sesenta años, benemérita edad de la jubilación, que mi salud no fuera la mejor. La tenía a ella, mi amor de los cincuenta años, mi amor de toda una vida. A ella la seguiría a cualquier parte.

—¿Cuándo podremos arreglar los papeles del matrimonio?

—Pronto y no costará muy caro. Yo conozco a una mujer que conoce.... —Lourdes sonrió. Ah, qué bella sonrisa.

Desde entonces sólo nos dedicamos a trabajar. Lourdes prepara 100 pasteles diarios, yo arreglo veinte colchones semanales, además de mis ventas de pollo.

Las tazas de porcelana, la tetera, los platicos han sido vendidos. Pronto tendremos el dinero para pagar los papeles falsos.

Pronto el caballero correrá ligero con su dama por el mundo.

Con el presidente

La escalera, toda de mármol, era larga y empinada y él subió lentamente hasta llegar a la enorme puerta de roble de dos hojas que llegaba al techo. En ese momento se encontraba solo, pero al transponer la puerta se le unieron su viejo amigo Carlos Ley y un militar en brillante uniforme de la policía que le susurró "Soy el edecán del Señor Presidente y tendré el honor de acompañarle durante la ceremonia". Él se arregló el nudo de la corbata verde cotorra, quizá un poco chillona para la ocasión. De repente, Ley desapareció y él, escoltado por el edecán, caminó hacia otra enorme puerta enchapada en oro que, al abrirse silenciosamente, dejó ver un vasto salón.

"El salón de protocolo de la residencia del Presidente", se dijo y precedido por el edecán entró en el salón donde más de doscientas personas se pusieron de pie y aplaudieron.

Siempre escoltado, avanzó entre ellas hasta una tribuna al final del salón sobre la cual estaban el Presidente de México y otras importantes personalidades del Gobierno.

El Presidente era pequeño, rechoncho, de cabeza muy grande y calvicie pronunciada y usaba unos grandes espejuelos oscuros que le ocultaban los ojos.

"Qué extraño", pensó él, "no se parece a su imagen de la televisión y los periódicos".

"Siéntese ahí", dijo el edecán y le indicó una pequeña sillita de madera, situada en una esquina del salón, similar a los pupitres de la escuela habanera donde él había estudiado de niño.

"Señoras y señores", comenzó a decir el Presidente, "esta noche nos congregamos aquí para algo tan importante y satisfactorio como es hacer entrega de la Orden del Águila Azteca en primer grado a un ilustre hijo de Cuba que nos honra con su presencia en México", el Presidente alzó una copa de vino, salida de alguna parte, y todo el auditorio se puso en pie también con copas de vino en las manos. "Ahora quiero hacer un brindis en su honor"…

"Avance Usted hacia el estrado", susurró el edecán.

"Oiga, pero yo lo que necesito son mis papeles migratorios, no un águila", murmuró él.

"Ándele no más y ya vaya por su aguilucha, pendejo", gruño el edecán con voz sorda.

"Pero sin los papeles me deportarán".

Indeciso, caminó hacia la tribuna en la que el Presidente le entregó una hermosa águila tallada en madera.

En el salón todos comenzaron a aplaudir

"Pero Señor", susurró en el oído del Presidente, "yo no quiero el águila, sino arreglar mis papeles migratorios".

Quitándose los espejuelos, el Presidente le miró de frente. Sus ojos eran rasgados, muy unidos, como los del águila, y tenía la mirada fija, taladrante.

"Ah, cubano, los pinches papeles. Coronel, ocúpese de esto", dijo y le abrazó.

—Señora Panchita, córrale, córrale que los policías se llevan a su hijo —la voz llegó a través de los barrotes de la pequeña ventana de su cuarto en la azotea y él despertó intranquilo, nervioso.

"Qué sueño, Dios mío", se dijo

Hasta dormido le perseguía la obsesión de los papeles migratorios, vencidos y pendientes de aprobación hacía ya un mes, y nada menos que al Presidente de la República se los había pedido.

"Yo con el Presidente. El Presidente me los iba a entregar", se dijo y decidió que esa mañana volvería a las oficinas de Emigración para tratar de solucionar, por fin, su estado legal en México.

Aprisa se levantó, orinó en un pomo cuyo contenido vertería por la noche en el baño colectivo de la azotea, ocupado a esa hora, se lavó en una pequeña palangana y se vistió con la misma ropa de todos los días. Después, mientras desayunaba un vaso de leche fría y un pedazo de pan, hizo el recuento de sus actividades del día. Primero a Emigración, luego pasar por la dirección donde solicitaban un profesor de japonés, después ir a "Hechos horripilantes", donde ya comenzaba a escribir con cierta asiduidad. Finalmente, si el tiempo le alcanzaba, tratar de hallar un teléfono para hablar con la Habana. Al pensar en el teléfono suspiró. ¿Hasta cuándo seguiría recorriendo toda la ciudad en busca de aquellos teléfonos?, se preguntó mientras mojaba el pan en la leche fría.

El sueño con el Presidente era un buen augurio. Su madre siempre lo afirmaba, "Soñar con figuras importantes trae suerte".

"Sí, pronto me darán mis papeles en regla y se solucionarán todos mis problemas", se repitió con optimismo y salió a la calle.

En Emigración lo atendió no la empleada de siempre, flaca, de nariz ganchuda, sino otra, alta, trigueña, de ojos almendrados.

—Su permiso está aprobado. Dentro de una semana puede recogerlo —dijo ella y le sonrió.

Él casi saltó de alegría por la noticia y porque aquella sonrisa no era fingida ni, convencional. Era para él. Estaba seguro.

—Qué suerte ser atendido por una mujer tan hermosa —le dijo.

—Para servirle —respondió la joven y la coquetería estaba en sus palabras.

Por dentro, él volvió a saltar de alegría y el corazón se le aceleró.

—¿Y dentro de una semana estará usted aquí?

—Por supuesto —la sonrisa se hizo más amplia.

No, no era posible. Sí, si era posible. Por primera vez en meses una mujer en México le sonreía y le miraba con coquetería. ¿Sería cierto? El sueño, el sueño con el Presidente había sido verdaderamente premonitorio.

—¿Y usted cómo se llama?

—Adelita, para servirle. No deje de venir dentro de una semana a recoger sus documentos.

Por supuesto que regresaría y seguiría a Adelita por tierra y por mar en un buque de guerra y en un tren militar, pero ella no se marcharía con otro. Se casaría con él y tendrían muchos niños cubanos mexicanos.

Volando más que caminando, salió de Emigración y fue en busca de la dirección donde solicitaban un profesor de japonés. Dos horas más tarde, luego de mucho indagar, la halló junto a un viejo callejón del sur de la ciudad. Allí, en una oscura habitación de ventanas cerradas, le recibió un individuo alto y taciturno que le explicó su pedido. Dos veces a la semana, de 10 a 12 de la noche, debía impartir clases de japonés a un grupo de hombres interesados en las artes marciales japonesas y la cultura ninja. El pago no era grande, pero sí suficiente como para mejorar su maltratada economía que ya comenzaba a naufragar.

"El Presidente me está ayudando", se repitió en broma y en serio y fue al centro para explicarle al gordo Pantoja, director de "Hechos horripilantes", su último artículo. En él los invasores kurkanos, dueños ya de la Tierra, exigían diariamente el tributo de una persona joven que devoraban viva, rociada con mucho chile. Los kurkanos habían descubierto el chile que, con la carne cruda y sangrante, era su alimento preferido.

Pero antes de entrar en la revista decidió comer algo, allí mismo, cerca de la revista, en la fonda más barata de los alrededores donde, por muy pocos pesos, ofrecían un aceptable menú.

A esa hora la fonda siempre estaba llena, pero tuvo suerte y apenas entrar se desocupó una mesa del fondo, junto a la cocina.

Pancho, un camarero conocido, se acercó.

—¿Cómo le va, señor? —dijo Pancho sonriendo y le tendió el menú —¿Cómo andan las cosas por Cuba? —el tono de Pancho se hizo familiar.

—Mejor no pueden estar, Pancho. Creo que tomaré la orden 2. ¿La carne esta buena?

—Como en Cuba, mejor no puede estar.

¿Se estaría burlando Pancho o la carne estaría efectivamente buena?, se preguntó cuando el camarero se fue y enseguida miró distraídamente a su alrededor. En las dos mesas contiguas comían tres ancianas señoras y un matrimonio con sus hijos. En las mesas del centro del local estaban dos mujeres y varios hombres, probablemente empleados públicos de los cercanos ministerios. Más allá, casi junto a la salida, un hombre, alto, robusto, de ojos velados tras unos grandes espejuelos oscuros, bebía vino. Recostado contra su mesa yacía un grueso bastón de madera. El hombre tomaba la copa de vino con movimientos mecánicos de la mano, igual que un autómata, y por momentos sus labios se abrían y cerraban como si estuviese hablando consigo mismo o rezando.

Una mujer, alta, trigueña, hermosa, entró.

¿Y si Adelita llegaba en ese momento? Podía ser. Emigración se hallaba a unos pasos y era la hora de la comida para los empleados. ¿Se atrevería a sentarse con él, siendo un extranjero y ella una empleada de Emigración? ¿Por qué no? Estaban en un país libre. Conversarían mientras comían, sabría de ella y quizás aceptase verse con él nuevamente. No quedaba duda, ese era su día de suerte.

Una voz más alta de lo debido le sacó de sus pensamientos. El hombre corpulento de espejuelos oscuros le gritaba algo a Pancho que, enseguida, fue hacia la cocina. "Chingao", oyó él que Pancho murmuró al pasar por su lado.

Él bebió un poco de agua y se quedó observando al hombre corpulento. Nuevamente estaba inmóvil, la mirada en ninguna parte, oculta tras los espejuelos, y por su rostro y sus gruesas manos le pareció un leñador, un boxeador, eso, un boxeador. Sorpresivamente, el hombre se volvió hacia donde él estaba sentado y con la cabeza hizo un gesto de desafío.

Aprisa, él desvió la vista. Entonces Pancho regresó de la cocina con una bandeja en las manos y le trajo su comida.

—¿Sucede algo con ese señor? —preguntó en voz baja.

—Chingao, siempre hace igual. Rechaza hasta tres veces el mismo plato. Qué si está frío, que si muy caliente, que si el asado está duro. Veamos si este le viene bien. Por de pronto, ya yo lo escupí dos veces y el cocinero tres. —Pancho miró con temor hacia el hombre que había vuelto a la inmovilidad y fue a llevarle la comida.

Él comió con apetito y cuando terminó su segundo plato espió con disimulo al hombre. Comía lentamente y la botella de vino que se hallaba sobre su mesa ya estaba vacía. Seguía inmóvil y sólo sus manos se movían para tomar algo del plato.

Olvidándose del hombre, contempló el bistec que Pancho le acababa de traer. Efectivamente, la carne estaba inmejorable, se dijo y volvió a pensar en Adelita. Esa era la mujer que necesitaba, alta, bella, seguramente dócil y bondadosa, no como Rosalina, ni, por supuesto, Ángeles.

Mientras pensaba en Adelita, terminó de comer, pagó y se levantó de la mesa. Los empleados de los Ministerios ya se habían marchado, al igual que las ancianas señoras y el matrimonio.

En la mesa del hombre los platos habían sido retirados y sólo quedaba la botella vacía de vino.

Sin mirarle, fue a pasar por su lado. Entonces vio a una mujer alta, bella, trigueña, que caminaba por la acera de enfrente entre los muchos puestos donde se vendía toda clase de baratijas.

"Adelita", se dijo y al apresurar el paso tropezó con el bastón del hombre y lo tiró al suelo.

De momento, quiso disculparse, recoger el bastón, pero la mujer se perdía entre la multitud de vendedores y él, sin pensarlo dos veces, fue hacia ella.

Habría caminado unos pasos cuando algo lo agarró fuertemente por el brazo, impidiéndole caminar.

—Pinche tu madre, te crees que soy ciego paralítico y puedes burlarte de mí y tirarme el bastón así no más —la voz era metálica.

Al volverse, vio al hombre con el bastón alzado en el aire.

—Pero, señor...

—Chingao.

Sorprendido, sólo atinó a levantar los brazos para protegerse del bastonazo que golpeó sobre su espalda.

Cayó y desde el suelo vio que el hombre se quitaba los grandes espejuelos oscuros. Tenía los ojos rasgados, muy unidos, como los de un águila y una mirada fija, taladrante.

"Los ojos del Presidente ", pensó por un segundo antes de que un segundo bastonazo le diera en el brazo izquierdo y el tercero en la cabeza de la cual comenzó a correr un hilillo de sangre. Después la vista se le nubló.

En la acera opuesta, Adelita, al ver una reyerta, apresuró el paso y no entró en la fonda en la que, por un momento, pensó comer.

www.ingramcontent.com/pod-product-compliance
Lightning Source LLC
Chambersburg PA
CBHW030533020726
47494CB00004B/1338